小学館文庫

JN066571

超短編！大どんでん返し

小学館文庫編集部 編

小学館

目次

なんて素敵な
握手会

乾　くるみ

いぬい・くるみ

一九六三年静岡県生まれ。静岡大学理学部数学科卒業。九八年『Jの神話』で第四回メフィスト賞を受賞しデビュー。二〇〇七年に文庫化された『イニシエーション・ラブ』は百五十万部を超えるベストセラーとなり、後に映画化。著書に『塔の断章』『マリオネット症候群』『セブン』『物件探偵』『ジグソーパズル48』などがある。

今日の衣装はピンク色のワンピースで、相変わらず彼女は可愛《かわい》かった。

待ち行列を間に挟んで、その姿は先ほどから、ちらちらと遠くに見えていたが、あと三人というところまで距離が縮まったとき、不意に彼女と目が合った。意気地なしの僕はすぐに視線を逸《そ》らしてしまったが、それでもその瞬間、彼女がぱっと笑顔を輝かせたのは確認できた。

そのお相手こそ、今日の僕の握手会における大本命、みーしゃちゃんこと伊丹詩織《いたみしおり》ちゃんである。すでにクミちゃん、トビウオターンちゃん、なかみーこと中瀬美緒《なかせみお》ちゃんといった、可愛くて頭が良くて、それなりにテンションの上がる相手との握手は済ませていたが、今はとにかくみーしゃちゃんが、僕の中で一番のお気に入りだった。

「五枚です」

いよいよ順番が来た。握手券一枚につき十秒の換算なので、僕たちに与えられた時間はたったの五十秒しかない。

「お久しぶり。二ヵ月ぶりだよね」

一秒も無駄にしたくなかった僕は、握手するやいなやすぐに話し始めた。みーしゃちゃんはパッと笑顔になり、

「直接お会いするのは、そうですよね。でも毎日、配信でコメントを――」

そうなのだ。今はネット上に様々な動画配信サービスが存在しており、われらが国民的アイドルグループ、ＢＤＮＳ－ｉｓのほとんどのメンバーが、とあるサイトを使って生配信を行っていた。ファンはその姿をほぼ毎日拝むことができるのだ。テレビしかなかった時代と比べれば、今のアイドルファンは考えられないほど恵まれている。一方でアイドル側のスマホの画面上には、ファンたちの姿は映っていないものの、コメント欄に書き込んでくれる文字は目にすることができ、それを読みながら会話をすることで双方向性は保たれている。課金をして常連になれば、名前も憶《おぼ》えてもらえるし、前回の握手会からどれだけ間が空こうとも、メンバーが自分のことを忘れずにいてくれる――そんな仕組みになっているのだ。

そういう形で画面越しにほぼ毎日会えるのであれば、握手会に行かなくてもいいや――とはならないのが面白いところで、統計データからはむしろ、生配信を通じてメンバーに直接会いたいという気持ちがよりいっそう募り、握手券つきＣＤの売上が上がるという、プラスの効果をもたらしていることが証明されているという。

それが嘘《うそ》でないということが、今日の会場の混雑ぶりからは実感できた。

「まあ、毎日ではないけど」と僕が言うと、

「でもほぼ皆勤賞です。いつもありがとうございます」

「いや、それはこっちの台詞《せりふ》ですってば。あ、そうそう、僕、みーしゃちゃんがツ

イッターやってるの、つい最近まで知らなくて」

僕が思い切ってそう言うと、彼女は驚いた様子で、

「えっ、ツイッターまで見てくれてるんですか？　でもフォローとか、してくれてないですよね？」

「フォローしたいんだけど、それを自分のフォロワーには見られたくないっていうか」

「あっはい。ですよねー。わかります」

「でも自分の中では、みーしゃちゃんを特別扱いしてるんだってっていうのは、今の話で伝わったかな？　たとえば、なかみーちゃんとか、ツイッターをしてるのは知ってても、フォローしようとかって思わないし」

「えーっ、本当ですか？　なにか嬉《うれ》しすぎて、信じられないっていうか」

「犬飼ってるんだよね」

本当にツイッターを見ていることを証明するために、そこで得た情報を話題に出すと、

「そうです。ゴブちゃんっていいます」

「ゴブちゃん？」

「そうです。ゴブリンから採りました。ゴブリンって知ってます？　ファンタジー

とかによく出てくる」

「小悪魔みたいなやつだよね？　小柄で、ちょっと憎めないやつ、みたいな」

「はい。そういうイメージです」

やはりペットの話題は盛り上がる。ようやくエンジンが掛かってきたと思ったところにタイムキーパーの非情な声が割って入った。

「もうじきです」

あと数秒しかない。

「やっぱり、直接会うのが一番ですね」

「そうだね。今日は久しぶりに会えて本当に嬉しかったよ」

タイムキーパーが「時間です」と機械的に告げ、「剝がし」が僕からみーしゃちゃんを引き離す。僕は最後まで「バイバイ」と手を振って彼女を見送った。

「三枚です」おっと次の子も可愛いじゃん。

アイドルになって良かった。

トカレフと
スタンウェイと
ダルエスサラーム

蘇部健一

そぶ・けんいち

一九六一年東京生まれ。早稲田大学教育学部英語英文学科卒業。九七年『六枚のとんかつ』で第三回メフィスト賞を受賞しデビュー。ユーモラスな作風で〝バカミス〟というジャンルを誕生させた。著書に『木乃伊男』『届かぬ想い』『赤い糸』『まだ恋ははじまらない…』『運命しか信じない！』『あなたをずっと、さがしてた』などがある。

長年勤めていたクラブでのピアノ弾きの仕事を失った。オーナーの話によると、今月で店を閉めるのだという。

それを聞いても、麻倉《あさくら》純也《じゅんや》は不思議とショックを受けなかった。少し前から、夢をあきらめるには、そろそろ潮時だと思っていたからかもしれない。

夢に破れたといっても、そう悪いことばかりだったわけでもない。純也は、カシューナッツをロックのウィスキーで喉に流し込みながら、自分の半生をふり返った。

音大を出て、仲間たちとジャズバンドを結成。しばらくは、バイトをしながら、メジャー・デビューを夢見ていたが、五年もしないうちに解散。その後、たまにありつけるピアノの仕事とバイトをかけもちしながら、十年近い月日が流れた。

転機が訪れたのは、三十五歳のときだった。これを最後に、夢をきっぱりあきらめ、まともな仕事につこうと、それまで書き溜《た》めていた曲のデモテープを、七つのレコード会社に送ったのだ。

すると、そのうちの一社から、CDを出さないかと返答があった。レコーディングには、一流のジャズミュージシャンが集められ、彼にはスタンウェイのピアノが用意された。

完成したアルバムは評判も上々で、純也は天にも昇る気持ちだった。しかし、これでようやく音楽で飯が食えると思ったのは、大きなまちがいだった。新人のジャズ・アルバムがそう簡単に売れるわけもなく、彼はすぐに業界から忘れられた存在となった。

あとはまた酔って夢を見るだけのダラダラとした生活がつづき、ついに二十年という長い月日が流れた。

いまにして思えば、あのとき、レコーディングの話などなければ、まともな仕事につき、いまとはまったくちがう生活を送っていたかもしれない。しかし、生涯で唯一作ったアルバムはとても気に入っていたし、いまさら過ぎてしまったことを言ってもしかたがない。

純也は、カシューナッツを食べ終えると、きのう手に入れた拳銃を手元に引き寄せた。

一昨日の晩、新宿のゴールデン街で飲んでいると、隣の席に明らかにカタギではない男が坐《すわ》ったので、酔いも手伝い、彼は男に声をかけた。

「拳銃を手に入れる方法を知らないか？」

するとと男は、表情を変えずに言った。

「あすの晩、十万用意して、またここに来い」

翌日、純也は、十二万円しかない預金を全額おろし、ふたたび店へと向かった。預金など、どうせ残しておいたところで、もう何の役にも立たない。

テーブルの下で、ハンカチにくるんだ銃を純也に渡すと、男は声を潜めて言った。

「弾は八発全部入ってる。トカレフだから、安全装置はない。つまり、引き金を引きさえすれば、あんたが殺したい相手は楽にあの世へ行けるってわけさ」

「ありがたい……」

純也はそうつぶやくと、拳銃を取り上げ、右のこめかみにあてた。

酔生夢死。

ただ夢を見ているだけの、いい人生だった。

彼はためらわずに引き金を引いた。


タンザニアのダルエスサラームのバーで、ラリー・モスは甘ったるいカクテルを飲んでいた。

去年プロデュースしたジャズのアルバムが初めてグラミー賞にノミネートされた。惜しくも受賞は逃したが、アフリカ旅行は自分へのご褒美だった。べつに、黒人としての自分のルーツをさぐりたかったわけではない。ただ、大地を駆け回る野生の動物が見たかっただけだ。

先ほどから、店内には、心地のいいジャズが流れている。しかし、彼がいつも聴くジャズとはちがい、とても洗練されていて、それにおそろしくメロディが美しい。

彼は、カウンターの向こうでグラスを磨いている小太りの男に声をかけた。

「英語は？」

「ちょっとなら」

「この曲は？」

「日本のジャスさ。お気に入りでね」

「日本の？　なんで日本のCDがここに？」

「こう見えても、二十年前、日本にマラソン留学してたてね。そのときのみやげさ」

「このCD、売ってくれないか？　金はいくらでも出す」

するとﾞ男は、ニコッと白い歯を見せた。

「いいとも。コピーはとってあるから」

新大久保の韓国人が経営する焼き肉屋で、頬に傷のある坊主頭の若い男が、特上カルビを裏返しながら、向かいの男に笑顔で言った。

「それにしても、兄貴もワルだなあ。弾の出ない銃を、十万で売りつけるなんて」

vsパンダ

似鳥　鶏

にたどり・けい

一九八一年千葉県生まれ。二〇〇六年『理由あって冬に出る』で第十六回鮎川哲也賞に佳作入選しデビュー。同作を含む「市立高校」、『午後からはワニ日和』の「楓ヶ丘動物園」などシリーズ作品多数。「戦力外捜査官」シリーズはテレビドラマ化もされた。著書に『目を見て話せない』『生まれつきの花　警視庁花人犯罪対策班』など。

がたがた揺れる4WDの座席で、高田《たかだ》は車酔いをこらえていた。予算の都合で、今回のロケは強行軍なのだ。車酔い程度で「停《と》めてくれ」などとスタッフに言えない。斜め前の助手席に座るディレクターもこちらを振り返ったりせず、前を向いて黙っている。

高田はタレントだった。空手・柔道・剣道合わせて十段の腕前とトライアスロンの経験を持ついわゆる肉体派タレントだった。しかしトークができなかった。こういう人間がテレビに出続けるためには、やるべきことは決まっていた。スタッフの誰それが遊び半分で考えた無茶でおバカな危険に、ひたすら真剣な表情で取り組む。視聴者はそれを観《み》てタレントの根性に感心し、バカさ加減に優越感を覚える。そうした番組に出る以外に彼が生き残る道はなかった。ある時はアマゾンに連れていかれポロロッカに乗って泳げと言われた。またある時はアルプスの山頂からスキーで帰ってこいと言われた。高田はそれらを根性でこなしてきた。今回は、中国某省の奥地に来ている。電気が来ていた最後の村を出てすでに二時間が経過しているが、車は悪路にひたすら揺られ、時には飛びはね、砂埃《すなぼこり》を巻き上げながらまだ進み続けている。

だが、今日の高田はある程度落ち着いていた。今回の企画が「パンダvs高田隆《たか》典《のり》」だと聞かされていたからだ。

全体的に知性と知識の乏しい高田は安心していた。vsオランウータンの時は死にかけたしvsカンガルーの時は肋骨《ろっこつ》を折った。だがパンダならなんとかなりそうだ。俺はこれまでに体長四メートルのアナコンダと一回、ワニと狼《おおかみ》とも各二回戦っている。あんな可愛《かわい》い奴、楽勝だ。

しかし前を向いたままのディレクターに代わり、後ろの席のＡＤが言った。「相手の体長はおおよそ三メートル。ヒグマぐらいを想定して下さい。このあたりの村では毎年、野パンダに襲われて死者が数名出るそうです。村の近くには沿岸部から色々ゴミが持ち込まれて放置されてまして、それで出るようになったらしいですね。あまり毎年死者が出るので、マシンガンを装備した兵士が常駐しているそうです。今回の相手は、たまたま捕獲に成功して見世物にしているやつだとの話です」

高田は驚愕《きょうがく》した。数秒間口を開けたまま驚愕した後、自らの無知を嘆いた。よく考えてみれば、パンダは立派な「熊」だ。動物園にいるやつだって体格は熊そのものだし鋭い爪もついている。あれとやりあえと言うのか。無茶を言うな。

「あの、それ、爪なんか抜いてあるんすよね」

ディレクターは前を向いて黙っていたが、ＡＤが爽やかに笑った。「まさか」

高田は驚愕した。「そんな」

「まあ素手じゃきついでしょうから今回は特別です。竹刀を使っていい」

驚愕する高田の表情を、カメラマンは逃さずにとらえた。そういう番組だった。

高田は呆然《ぼうぜん》としたまま現地に着き、呆然としたまま村の奥へ連れていかれた。石でできた簡素な家々の並ぶ先に、いささか不似合いな金属製の檻《おり》があった。やたらと頑丈な赤錆《あかさび》色の鉄格子が陽光を受けて鈍く輝いている。問題のパンダは檻のむこうにある小屋に引っ込んでいるらしく、姿は見えなかった。

「それじゃ、行きましょうか」

檻の方を向いたままのディレクターに代わってＡＤが言う。ＡＤは爽やかな笑顔を見せ、カメラに向かって状況の説明をした。カメラが高田の方を向いた。道着姿で鉢巻を締めた高田は竹刀を握りしめ、やけくそ気味に「押忍《オス》」と叫んだ。

カメラが高田の脇に寄る。ＡＤはひとしきり喋《しゃべ》った後、写真を出してきて高田に見せた。「これが相手のパンダです」

高田は写真を見た。そして目を見開き、どう反応してよいのか分からずにそのまま硬直した。

写真に写っているのは、愛くるしいレッサーパンダだった。

「あの……パンダって」

ＡＤは爽やかな笑顔を見せ、言った。「パンダですよ。これもパンダでしょう。レッサーパンダ」

高田は脱力した。そして爆笑した。

なるほど、パンダはパンダでもレッサーパンダだったらしい。考えてみれば、局にとってもタレントは財産。危険なジャイアントパンダと戦わせる企画など通るはずがないのだ。ああよかった。気の利いたツッコミを入れようとしたが何も思いつかず、高田は笑いながら「押忍」と叫んだ。そして大股で檻に踏み込んだ。今回はギャグの企画だったらしい。

小屋の中から、写真そっくりのレッサーパンダがのっそりと出てきた。三メートルはゆうにあった。

背後で入口が閉じる音がし、高田が振り向いた時には厳重に錠がおろされていた。ディレクターはむこうを向いていた。

沿岸部から運ばれてくる放射性廃棄物を食べて巨大化したレッサーパンダは、大きく口を開けた。

レッサーパンダの吐いた放射能火炎が、高田の竹刀を一瞬にして灰にした。

白木の箱

米澤穂信

よねざわ・ほのぶ

一九七八年岐阜県生まれ。二〇〇一年『氷菓』で第五回角川学園小説大賞ヤングミステリー&ホラー部門奨励賞を受賞しデビュー。一一年『折れた竜骨』で第六十四日本推理作家協会賞（長編及び連作短編集部門）、一四年『満願』で第二十七回山本周五郎賞を受賞。著書に『インシテミル』『いまさら翼といわれても』『Iの悲劇』など。

おみやげを楽しみにねと笑って出かけた夫が、白木の箱に入れられて、こんなに軽く、小さくなって帰ってくるなんて――。

ご主人ですと渡された箱はあまりに軽くて、悲しいよりもいっそ情けないような心持ちがした。夫の入った箱は、父の葬式の時おとうさんだよと渡された骨壺《こつつぼ》よりもなお軽かった。壺と木箱では、壺の方が重いのは道理だけれど。

今回の出張は、最初から嫌な感じがしていた。まず、出発時刻の都合でいつも使っている航空会社を使えなくて、整備状況について国交省から注意を受けたばかりのLCCに乗らざるを得なかった。気を揉《も》むわたしに夫は大丈夫だよと笑うばかりだったけれど、使用機が遅れたために出張が一日延びて、その一日が命取りになった。

だいたい、夫はいつもそうなのだ。楽天家で、好奇心が強くて、こどもっぽくて、どこにでも平気で行ってしまう。学生時代、いまほど栄えていなかった上海《シャンハイ》に行った時も、屋台で売っていた揚げ菓子を食べたがって、油が古いかもしれないからやめておいたらと止めたのに、大丈夫だよと笑っていくつも食べて、案の定お腹《なか》を壊した。モスクワ旅行でも、大丈夫だよと言って写真を撮りまくり、いつの間にか警官に取り囲まれてカメラを出せと言われ、ひどく怖い思いをした。それでもぜんぜん懲りるということをしないのだ。

そのくせ、あまり頑丈な方ではなかった。人前ではにこにこしていても、二人きりになると頭重感を訴えることが多かったし、肩凝りも相当ひどくて、よく、肩の上に漬け物石が乗っているようだと言っていた。昇進して部下がつくようになると、責任の重さに気が沈むと愚痴を言い、ストレスで胃を壊したりもしていた。いつかはこんなことになるのではと思っていたのだから、たとえ夫にうるさがられても、嫌われても、もっと気をつけるようにがみがみ言えばよかった。いくら悔やんでも、もう、遅いのだけれど。

白木の箱はあまりに軽くて、なにも入っていないようにさえ思える。南方戦線に出征して帰ってこなかった曾祖父の場合、家に送られてきた白木の箱には、砂がひとつかみ入っていたきりだったそうだ。夫の箱の中身を改めるのがこわくて、しばらくテーブルに置いていたけれど、いつまでもそうしているわけにもいかなくて思い切って開け、変わり果てた夫の姿を目の当たりにすると、どうしてこんなことになったのかとまたぽろぽろ涙がこぼれた。

飛行機が遅れることがわかった時、夫はわたしの携帯電話にメッセージをくれていた。

〈一晩時間ができたから、医者にかかろうと思います〉

もちろんわたしは面食らって、すぐにどこか悪いのかと訊《き》いた。

〈それほどでもないけど、せっかくだからウィッチドクターに会ってみたい〉

ウィッチドクターというのは、まじないや祈禱《きとう》でひとを治療する医者のことだ。わたしはまじないなど信じないけれど、変な薬を飲まされたりしないか心配だった。

〈あやしいことはやめて〉

〈大丈夫だよ。こっちでは一般的な医療行為なんだから。悪いところを伝えるだけ。とにかく体が重くてね〉

夫の「大丈夫だよ」が出たらもうテコでも動かないことを知っているわたしは、つい、諦めてしまった。わたしはそのことを、一生悔やむだろう。

やがて夫の携帯電話から着信があった時、わたしは電話に出る前からほとんどパニックになっていた。夫が出先から電話をかけてきたことは一度もなかったから、何かあったとすぐにわかったのだ。電話の相手は夫ではなく、夫に同行していた部下だった。

「申し上げにくいのですが、どうぞ、落ち着いて聞いて下さい」

そう切り出され、夫を襲った運命を聞かされたわたしは、血の気が引いて床にへたりこんでしまった。夫を日本に送る手順を相談する声を遠くに感じながら、いったいこれからどうやって生きていけばいいのだろう、そんな自分勝手なことばかり考えていた。

おみやげを楽しみにねと笑って出かけた夫が、白木の箱に入れられて、こんなに軽く、小さくなって帰ってくるなんて——。

こんな姿になってもまだ夫は、「大丈夫だよ。そのうち戻るさ」と平気な顔だ。その脳天気さが恨めしいので、ふっと息を吹きかけたら、軽く小さな夫はころころ転がって、さもおかしそうにまた笑った。

愛妻への
プレゼント

日明 恩

たちもり・めぐみ
神奈川県生まれ。日本女子大学卒業。二〇〇二年『それでも、警官は微笑う』で第二十五回メフィスト賞を受賞しデビュー。同作は『そして、警官は奔る』『ゆえに、警官は見護る』などへ続く、警察小説のシリーズとなる。著書に『鎮火報 Fire's Out』『啓火心 Fire's Out』など消防もののほか『ギフト』『優しい水』などがある。

勘弁してよ、と近づいて来る男を見て私は思った。

店員たる者、お客様は神様であり、見かけで判断してはならない。けれどここはデパートの化粧品ショップ。それも有名なフランスの高級ブランドだ。薄汚れた身なりにべたついた髪で、視線も定まっていないおじさんがふらふらと近づいて来たとなったら、こう思っても許して欲しい。

おじさんがカウンターの前で立ち止まった。作り笑顔で「何かお探しですか？」と訊《たず》ねると、何も答えずにただもじもじしている。もしかして私と話したいのか？なおさら勘弁してよ、だ。するとおじさんが「妻にプレゼントをしたくて」と、小声で言った。

「初めてなんです。せっかくだし、高級な物を贈りたくて」

初めて妻に化粧品を贈る年老いた夫。それまでのネガティブな印象は吹っ飛んだ。不安そうな顔でおじさんが私を見つめる。その表情に胸がきゅんとする。

「お手伝いさせていただきます」

勘違いの罪悪感も加わって、誠心誠意の笑顔で私は答えた。

「口紅などいかがでしょうか？　こちらは人気のお色です」

「いいですね。でもあの、妻の顔色が悪くて。明るくなるように、必要な一式を全て選んで下さい」

一式全て！　店員としてのテンションもだが、おじさんへの好感度がさらに跳ね上がる。本人不在で化粧品を選ぶのは至難の業だ。スマートフォンに奥様の写真があるか訊ねたが、残念ながらなかった。なのでおじさんの記憶を頼りに化粧下地、ファンデーション、フェイスパウダー、アイブロウ、チーク、アイシャドウ、口紅を選び出した。三万円を超える代金を伝えると、すぐさまおじさんは了承した。私は嬉々《きき》としてレジの処理を始める。

「こんな素敵な旦那様に、私も出会えるとよろしいのですが」

　お世辞ではなく本心から言う。

「いえ、そんな。妻とは喧嘩《けんか》ばかりで。先日、ようやく定年を迎えて、これでやっとゆっくり出来ると思ったのに、再就職しろと毎日うるさくて。自分はフィットネスクラブだ、習い事だ、女友達とランチだと遊んでばかりいるのに」

　雲行きが怪しくなってきた。けれど、よく聞く話だ。

「言い争いになると私が謝るまでいつまでも責め立てるんです。学生時代芝居をしていたこともあって、芝居がかった大仰な態度で。謝ってもそれで終わりにはならない。何度でも持ち出すんですよ。あ、プレゼント用の包装ってお願いできますか？　リボンは着けられます？　赤があれば」

　やっぱり夫婦なんてそんなものよね、と思いつつ、「はい、ございます。プレゼント用にラッピングさせていただきますね」と笑顔で答える。

「一時間ほど前に宅配便が届いたんです。妻から私にでした。以前からずっと私が欲しがっていた鉄道模型が入っていて。『本当にお疲れ様でした。ありがとう』というメッセージも着いていました。なんだかんだ言っても、やっぱり妻は私を思ってくれていたんです」

おじさんの顔は愛《いと》おしげな表情に満ちていた。再び胸がきゅんとする。

「実は昨日の夜、あまりにしつこく言われて、つい突き飛ばしてしまったんです。倒れた妻を見て怖くなって家を飛び出しました。ファミレスで一晩過ごして今朝帰宅したら、妻はまだ同じ場所に同じ形《なり》で寝ていて」

バーコードを読み取る手が止まった。

「お礼を言おうと妻のところに行きました。でも声を掛けても揺さぶっても起きないんです。仕方なく起きるのを待っていたのですが、なかなか起きなくて。そのとき思いついたんです。私も妻に贈り物をしようと。でも何がよいのかが。誕生日や記念日に、好みではない物や不必要な物を買って叱られたことがあったので、何が欲しいか訊ねたんです。でもやっぱり何も答えてくれなくて。目を閉じたままの妻の顔を見ているうちに気づいたんです。顔色がすごく悪いなって。そこで閃《ひらめ》いたんです。化粧品だって。せっかくなら、今まで妻が買ったことのない高級なブランドの物にしようと」

期待と不安の入り交じった顔のおじさんが私を見つめて訊ねる。

「これなら、よろこんでくれますよね？」

骨なし

田丸雅智

たまる・まさとも
一九八七年愛媛県生まれ。東京大学工学部、同大学院工学系研究科卒業。二〇一一年『物語のルミナリエ』に「桜」が掲載されデビュー。一二年、樹立社ショートショートコンテストで「海酒」が最優秀賞受賞。「海酒」は又吉直樹氏主演で映画化。著書に『夢巻』『転校生 ポチ崎ポチ夫』『おとぎカンパニー 妖怪編』などがある。

営業マンのあとにつづき、私はある建物へ足を踏み入れた。

「こちらがそのオススメのものたちです」

ガラスを挟んだ向こう側では、生物たちが各々に動き回っていた。

「まさかこんな未来が来るとはなぁ……」

様々な思いが交錯しつつ、私は呟《つぶや》く。

「もともとは種なしブドウを研究する施設だったということでしたが……」

その通りです、と営業マンは口にした。

「ただ、当初からブドウの研究だけをしていたわけではありませんでした。研究の根幹には、世の人々の潜在的な需要を満たすものを生みだしたい。そんな強い思いがあったんです」

なるほど、と、私は頷《うなず》く。

「ブドウは研究の一例に過ぎなかったというわけですね」

「ええ、食べるときに、いちいち種を口から出すのが面倒だという思いを汲《く》んで生まれたものでした。種なしブドウの開発に成功した我々は、次に他の果実でも同様のことを試みました。種なしスイカ、種なしビワ、種なしリンゴ……ただ、このあたりから我々の中で新たな研究に取り組みたいという気持ちが高まってきて、今一度、原点へと戻ったんです。我々が目指すべきは果実を食べやすくすることにとどまらない。他のいろいろな食物から、食べるのに邪魔なものを取り除く研究に挑戦すべきだ。そうして開発に着手したのが骨なし魚でした」

「はじめは呆然《ぼうぜん》としたものです……」

私は発売当時のことを思い起こす。

骨なし魚とは、その名の通り骨を持たない魚のことだ。人の手で処理をしなくとも、はじめから骨がないのである。

当時読んだ記事によると、骨なし魚は軟体動物であるタコの遺伝子を参考にして生みだされたのだという。本物の魚とは形が違い、成長過程や飼育方法もまるで異なっている。その養殖法が確立され、安定供給が可能になると、さらに白身から赤身まで様々な魚の開発が行われた。

骨なし魚は爆発的に広がって、骨のある魚の売上高をすぐ抜いた。それだけ、魚の骨を疎んじる人が多かったということだ。かくいう私も例外ではなく、骨つきの魚など、もう何年も食べていない。最近では、本来の魚の姿を知らない若者も多いと聞く。

ですが、と、私は言った。

「骨なしチキンの登場には、さらに驚かされました……」

そう、施設の研究対象はやがて魚から肉へと移った。そうして生まれた骨なしチキンは、骨を気にすることなく丸ごとかぶりつくことのできる代物だった。

その養鶏場ともいうべき場所を、かつて訪れたことがある。ケージの中には丸みを帯びた異形の生物がいて、それらは時おりぴくりぴくりと小刻みに震えていた。電気を流して筋収縮を起こし、筋トレと同じ効果を与えているとのことだった。

骨なし豚や骨なし牛の登場では、もはや驚かなくなっていた。一部の料理人たちは、食文化という人類の築きあげてきた財産が消失すると憤怒した。が、料理人でも歓迎する者のほうが圧倒的に多かった。同じ味なら、手間なく調理できるほうがありがたいに決まっている。

また、この生物たちは家畜を殺生することに抵抗を覚える人たちからも支持された。見た目が従来の家畜とは異なっていて愛嬌《あいきょう》などもないので、その肉も抵抗なく受け入れられるということだった。

しかし、施設はそれだけに満足しなかった。培った技術を応用し、また別の需要に応えるべく研究に乗りだしたのだ。

私は再び目の前のガラスケースに目をやった。その中では、大きな肉の塊がいくつも蠢《うごめ》いている。

近ごろ施設が生みだしたもの――それは骨のない人間だった。

「これが同じ人間なのか……いや、失礼」

呟いたあと失言だったかと慌てて詫《わ》びたが、営業マンは淡々と応じた。

「まあ、厳密には人間と同じではありません。あくまで人工的な生物ですから」

彼は言う。これもまた、人々の潜在需要に応えてつくられたものなのだ、と。

「つまりはあなたのような方々に向けたものですね。人間に似た能力を持ち、命令に忠実に従う存在が欲しいという」

骨なし人間は食用ではない。働かせるための生物だ。彼らは身体《からだ》を自在に動かして、どんな仕事も選ばずこなす。そして何より、向上心も反骨精神も持たないので、言う通りに働いてくれる。物理的にも精神的にも、骨がない人間なのだ。

ただし、と営業マンは口にする。

「妙な意志がないだけで、頭脳はしっかりしていますよ。むしろ、そこらの人間なとよりはよほど優秀と言えるでしょう」

「……でしょうねぇ」

そりゃあ能力はあるだろうなぁと、私は足元の営業マンを見ながらつくづく考えさせられる。

少なくともだ。彼らは現に私をここまで連れだして、それを欲しいと思わせるほどの頭を持った生物たちなのだから。

忘却とは

辻 真先

つじ・まさき

一九三二年愛知県生まれ。名古屋大学卒業。テレビアニメの脚本家として活躍後、七二年『仮題・中学殺人事件』を刊行。八二年『アリスの国の殺人』で第三十五回日本推理作家協会賞(長編部門)、二〇〇九年に『完全恋愛』(牧薩次名義)で第九回本格ミステリ大賞、一九年第二十三回日本ミステリー文学大賞を受賞。二〇年『たかが殺人じゃないか　昭和24年の推理小説』が、各ミステリーランキング一位に。

それが女房の口癖だった。

「忘却とは――」

「忘れ去ることなり」

当たり前だろ。耳にする都度吹き出しそうになり、懸命に歯を噛《か》みしめたもんだ。

今となってはどうでもいいが、三年前に亡くなったあいつは、忘れッぽい癖にこの言葉だけは覚えていた。俺たちの世代なら誰もが知る、菊田一夫の放送劇『君の名は』冒頭のナレーションだ。放送劇なんて死語に近いから、佐田啓二と岸惠子が主演した松竹映画の原作と説明した方がよさそうだ。佐田啓二も死んでいる。その息子が映画俳優になってからも久しい。時はうつろうものさ。

最近になって『君の名は』の映画タイトルをしばしば聞いたが、アニメーションだそうだ。女房が聞いたらさぞたまげたろう。

「まあ、『君の名は』が漫画映画になるなんて」

「いやいや、中身はまるっきり違う。ただ名前だけがいっしょで」

と説明したいところだが、待てよ。題名になにか付録がついていたぞ。『君の名は。』『君の名は？』『君の名は！』

どれだっけか。思い出そうとしたがわからない。まあ、どうでもいいか。

だいたいこのごろの映画の名ときたら、わけがわからん。孫が見てきた『トゥー

ムレイダー ファースト・ミッション』の題を覚えようとして舌を嚙んだ。これがアニメとなると、もっといけない。アイマス、アイマスというから誰に逢《あ》うのかと思ったら、『アイドルマスター』の略だった。

どうでもいいが、なんでもかんでも呼び名を端折《はしょ》ってすむと思うな。DVDやLEDくらいはまあ許すが、LANといわれたときは、俺はもう少しで走りだしそうになった。アルファベット三文字の言葉なぞ、PTAかDDTぐらいしか覚えておらん。ふむ、おかしなものだ。毎日のように新聞やテレビで見聞きしても忘れるのに、七十年昔聞いた言葉は忘れていない。まあ、そんなことはどうでもいいが。

それにしても近ごろのカタカナ言葉ののさばりようはどうだ。「フィッシング詐欺」なら、確かに俺たちと関係ありそうだが、パソコンなぞさわったこともない俺に、「マウスを使ってドラッグ・アンド・ドロップをやってみなよ」と孫がいう。ネズミがクスリを齧《かじ》ろうと飴玉《あめだま》を嘗《な》めようと、俺が知るか。怒鳴ってやったら、アナログだなあ、少しはデジタル爺《じい》になれよと笑われた。いまさらカタカナ言葉を覚えても、右から左に忘れるだけだ。

タスクバーだのステータスバーだの、わかるとすればイナイイナイバーだ。ダウンロードとかアップロードとか、どの道を行けというんだ、俺が記憶しているのはロードショーくらいだ。ロードショーといえば、『我等の生涯の最良の年』はよかったなあ。原題のまま広告されたら、俺は決して見に行かなかった。そうとも、あのころ日本でつけた映画の題には味があったよ。『ウォータールー橋』は『哀愁』と名付けられ、『短い邂逅《かいこう》』が『逢びき』というタイトルで喧伝《けんでん》された。『ペペ・ル・モコ』も『望郷』の題名だから当たったのだ。そう教えてやったら孫め、「ペペって望むこと？　モコって生まれ故郷なの？」ときた。今どきの若者はモノを知らん。

教えてやろうと思ったが、主人公の名前だったかな――当の俺も曖昧だ。まあそんなことはどうでもいい。要するに、俺がいいたいのはだ。

日本人の心にピンとくるのは、日本語に限るということだ。先祖代々の言葉だからこそ、音が耳から胸へじかに響くのよ。昨日今日覚えたゲームだのルノベ――いや、ラノベだったか、そのあたりの出来立ての言葉とはわけが違う。

われわれが普通に使っている「小説」だの「映画」だの「演劇」だの、どれも昔の日本人が苦労して造った言葉じゃないか。それを今の連中は言葉造りに苦労もせずホイホイ片仮名ですませている。昔のことは覚えていても、新しいことなぞ知っちゃいない。俺がそういいたくなる気持、わかるだろう。

今日は家中がざわついていると思ったが、見たことのある爺《じじい》の写真が正面に飾られていた。なんだ、黒枠の中身は俺じゃないか。ああ、おかげで思い出したよ。ゆうべ俺は脳卒中で死んだんだ。

ふん、そんな新しいことを覚えていられるか。今さらどうだっていい。

或るおとぎばなし

井上真偽

いのうえ・まぎ

神奈川県出身。東京大学卒業。二〇一四年『恋と禁忌の述語論理』で第五十一回メフィスト賞を受賞しデビュー。『聖女の毒杯　その可能性はすでに考えた』で「２０１７本格ミステリ・ベスト10」国内編一位を獲得。一八年『探偵が早すぎる』がテレビドラマ化される。著書に『ベーシックインカム』『ムシカ　鎮虫譜』などがある。

「――覚えていませんか？」

開けたドアの向こうに立っていたのは、目の覚めるような美少女だった。

流れる黒髪。くりりとした眼《め》。それは単に顔立ちが整っているというだけでなく、穢《けが》れのない――清い水と空気の中で育ったような、世間の垢《あか》に染まらない純朴な美しさがあった。

呼び鈴についネットショッピングの宅配が届いたものと思い込み、確認もせずにドアを開けてしまった僕は、予想外に神々しい存在を目にして硬直した。少女は頭を下げ、夜分の訪問を詫《わ》びてきたが、その容姿に気を取られるあまり言葉がろくに耳に入らない。

「覚えて、いませんか？」

そんな僕の反応に焦《じ》れたのか、少し間を置き美少女が訊《たず》ねてきた。僕はその意味を咀嚼《そしゃく》するまでやや時間がかかった。覚えていないか――ということは、この彼女と面識が？　いや、こんな美少女、一目見たら嫌でも記憶に刻まれるはずだが。

つい警戒の言葉が口をついて出た。

「すみません。もし宗教の勧誘なら……」

「しゅうきょう？」

美少女はきょとんとした顔を見せた。が、やがてニッコリ笑う。

「何か勘違いされていますね。ご説明したいので、ひとまず中に入れて貰《もら》えませんか？」

流されるままに部屋に上げると、少女は物珍しそうに部屋をキョロキョロ見回した。

「広いおうちですね」

「え？　そうですか。普通の1Kですよ」

「いいえ。広いです。だって部屋が二つも」

二つ？　今度は僕が首を傾《かし》げる番だった。いや、至って普通の1Kだが——もしかしてユニットバスも一部屋と数えているのか？

戸惑う僕を尻目に、彼女は質問を続ける。

「お仕事は、何をなさっているんですか？」

「いえ、学生です。大学に通っています」

「だいがく……。そういえば私の住処《すみか》の近くに、子供が多く通う建物があります。この町の南にある、山の上の神社のそばです。あそこに通われているのですか？」

「いいえ、あそこは……小学校ですね」

「しょうがっこう……それは、だいがくと違うのですか？」

「違い……ますね」

なんだ？　揶揄《からか》われているのか？

世間知らずというにもほどがある。しかし小学校近くの神社と聞いて、ふと僕には思い出したことがあった。あれは一か月程前のこと。コンビニのバイト帰り、気分転換に神社に寄った僕は、そこで一匹の野兎《のうさぎ》が野犬に襲われているところに遭遇したのだ。

野生の兎を見たという物珍しさも手伝い、僕は反射的に石を投げて野犬を追っ払っていた。まさかその兎が恩返しに——なんて荒唐無稽な話は、さすがにないだろうが。

「——夕ご飯、まだでしたか？　なんなら私、何か作りましょうか？」

彼女はそう言って立ち上がる。僕は肯定も否定もせずただ成り行きを見守った。当然警戒心はあったが、夜中に知らない美少女が訪ねてきて、食事を作ってくれる——男なら誰もが憧れるシチュエーションだ。

「熱《あっ》っ！」

するとキッチンから悲鳴が上がった。見ると、彼女が両手で頭を押さえている。

「どうしました？」

「すみません。この手の道具に慣れていないもので、つい火傷《やけど》を……」

「いえ、指を……。火傷をしたとき、耳たぶを押さえるとよいと聞きましたので……」

耳たぶを？　僕は再度彼女を見るが、押さえているのはどう見ても頭だ。やがて彼女も僕の怪訝《けげん》な視線に気付くと、はっと手を離す。

「冗談です」

そして何事もなかったかのように包丁で野菜を刻み始めた。ただ僕は、今のある意味あざとすぎる行動で、逆に真相に気付き始める。そもそもあれを野兎と考えたのが間違いで、実は逃げた飼い兎だったとしたら。そしてその飼い主があの瞬間を目撃し、その恩返しを兼ねて遊び心で演じているのだとしたら――。

しかしそこで、僕の目が丸くなった。

まな板に向かう彼女のスカートの尻が、急にもりもりと盛り上がったのだ。

やがて少女もそれに気付き、「きゃっ！」と尻を押さえる。そして上目遣いで僕を見た。

「見……ましたか？」

僕の目が、スカートの下の白い尻尾に釘付《くぎづ》けになった。これも何かのトリック？　いや、あの動く尾はどう見ても作り物では――。

「君は……まさか本当に、あのときの……」

「はい」

少女は静かに微笑《ほほえ》む。そして急に氷のような表情で、包丁の切っ先を僕に向けてきた。

「私はあの日、石をぶつけられて怪我《けが》をした犬の娘です。母はそのときの傷がもとで、死にました」

早業殺人に
必要なもの

東川篤哉

ひがしがわ・とくや
一九六八年広島県尾道市生まれ。岡山大学法学部卒業。二〇〇二年『密室の鍵貸します』でデビュー。一一年『謎解きはディナーのあとで』で第八回本屋大賞を受賞し、大ヒットシリーズに。『学ばない探偵たちの学園』『館島』『もう誘拐なんてしない』『探偵さえいなければ』『谷根千ミステリ散歩　中途半端な逆さま問題』など著書多数。

資産家の叔父を殺せば膨大な遺産が転がり込む。貧乏な俺も左団扇《ひだりうちわ》で暮らせるじゃないか。快適な部屋に引っ越せるし、車だって買えるだろう。お洒落《しゃれ》な服も着放題。ダサい眼鏡なんかやめて、使い捨てのコンタクトにすることだってできるのだ。

そんな素敵なアイデアが脳裏に浮かんだのは、目も眩《くら》むような夏の猛暑のせいだったのかもしれない。だが爽やかな秋の訪れとともに、熱くなった頭も多少はクールになる。単純に殺しただけでは駄目だ。それだと唯一の相続人である俺に疑惑の視線が向けられるに違いない。ならば警察の目を欺《あざむ》くトリックが必要だ。

そう考えた俺は、理想的な殺害手段を求めて頭を悩ませること数ヶ月。ついに犯行を決意したときには、あたりはもう極寒の冬だった。季節を跨《また》いでまで考え抜いた俺の完全犯罪計画。それはいわゆる《早業殺人《はやわざ》》というやつだ。

――おやおや、随分と古典的なトリックだね。最近のミステリでは滅多に見かけないよ。

そんな嘲笑が外野から聞こえてきそうだが、それはあくまで小説世界における《早業殺人》が、手垢《てあか》が付きすぎて面白みが薄れたというだけのこと。現実世界においては《手垢が付いた》どころか、ほとんど誰も手を付けたことのない犯行手段に違いない。そう信じる俺は、その日の夜、職を紹介して欲しいという友人を連れて、叔父の屋敷を訪れた。

《早業殺人》において、最も重要な点。それは、まだ実行されていない犯罪がすでに実行済みであるという、誤った思い込みを善意の第三者に植え付けること。これに尽きるだろう。この無職の友人は、そのために用意された目撃者だ。根は善人で正直者だが頭はさほど切れない男だから、この役割に相応《ふさわ》しい。何より彼は冬の間、常に重たそうなブーツを履いて暮らしている変わり者で、その点でも今回の計画にうってつけの人物といえた。

屋敷の門をくぐるなり、俺は「ん、いま何か妙な音がしなかったか?」と眉をひそめて、鼻先の眼鏡を押し上げる。すると他人に影響されやすい友人は、「そういや、何か聞こえたかも」と俺に話を合わせた。

素晴らしい。主体性のなさは、こちらの期待以上だ。俺は玄関に歩み寄り、手袋を嵌《は》めた手で呼び鈴を鳴らす仕草。実際にはボタンを押すフリをしただけで、呼び鈴は鳴らしていない。

なぜなら友人と合流する直前、俺はひとりでこの屋敷を訪れて、叔父の後頭部を殴打。リビングに彼を昏倒《こんとう》させているのだ。せっかく気を失っている叔父が、呼び鈴の音で目覚めてしまったら、今夜の計画は台無しになってしまう。

そこで俺はボタンから指を離して「おかしいな」と怪訝《けげん》そうな表情。「ちょっと窓から覗《のぞ》いてみよう」といって友人をリビングの窓へと誘導した。カーテンの隙間から中を覗く。直後に俺は「あッ、叔父貴！」と用意していた台詞《せりふ》を発した。煌々《こうこう》とした明かりに照らされたリビング。湯気の立つやかんの乗ったストーブの傍《そば》に、ガウン姿の叔父が横たわっている。背中を向けているので、窓越しにその表情は窺《うかが》えない。絨毯《じゅうたん》の上には赤い絵の具の付いたナイフが一本、これ見よがしに転がっている。「あ、あれは、血の付いたナイフ……」と、これも予定していた台詞。そんな俺を押し退《の》けるようにして、今度は友人が窓から中を覗き込む。次の瞬間、友人は何の疑いもなく「大変だ。君の叔父さんがナイフで刺されて死んでいる！」と期待通りの勘違い。俺は歓喜の思いをぐっと抑えながら、「いや、決め付けるのは早い。まだ息があるかもしれないぞ」と慎重な態度を示した。

実際、まだ息はあるのだ。この俺が叔父の息の根を止めるまでは。——さあ、ここからが《早業殺人》のクライマックスだ！

俺は玄関に駆け戻って扉を開けると、素早く靴を脱いで上がりこんだ。だがブーツを履く友人は、そう簡単にはいかない。玄関でもたつく友人を尻目に、俺は手袋をした手でポケットの中から真新しいナイフを取り出しながら、ひと足早くリビングの扉にたどり着く。あとはもう、このナイフで昏倒している叔父の急所を一突き。そして赤い絵の具の付いたナイフと、本物の凶器をすりかえれば《早業殺人》は完成だ。善意の第三者である友人は、俺たちがこの屋敷を訪れたとき、すでに叔父が何者かの手で刺されて死んでいたことを堂々と証言してくれるだろう。まさか自分がブーツを脱ぐのに手間どっている隙に、この俺が叔父を刺殺したなどとは、夢にも思うまい。

——どうやら俺の勝ちだ。悪いが死んでもらうぜ、叔父貴！

心の中で悪党らしい台詞を叫んで、俺はリビングの扉を開け放つ。

だが次の瞬間！

「…………」俺は自らの重大な失策に気付いて愕然《がくぜん》となった。

ストーブの炎で暖められたリビングは暑いほどの温度。やかんから立つ湯気が、そこに適度な湿り気を与えている。ということは、必然的に俺の眼鏡のレンズは一瞬で曇って——「くそ、何も見えん！」

こうして俺は《冬の早業殺人にはコンタクトレンズが必須》という教訓を得たのだった。

究極の密室

葉真中　顕

はまなか・あき
一九七六年東京都生まれ。二〇一二年『ロスト・ケア』で第十六回日本ミステリー文学大賞新人賞を受賞しデビュー。一九年『凍てつく太陽』で第二十一回大藪春彦賞、第七十二回日本推理作家協会賞（長編および連作短編集部門）を受賞。著書に『絶叫』『政治的に正しい警察小説』『Ｂｌｕｅ』『そして、海の泡になる』などがある。

「え、刑事さん、まさか僕が妻を殺したというんですか」

「そのまさかです。そう考えるのが一番しっくりくる」

「待ってくださいよ。妻の死に方はどう見ても自殺でした。首を吊《つ》っていたんです。一緒に発見したマンションの管理人さんやお巡《まわ》りさんだって見てますよ」

「そうです。奥さんは部屋のロフトの手すりにロープを渡し、首を吊っていた。しかし、そのロープからはあなたの指紋が検出されている。また、司法解剖では、首筋に残った傷痕などから、自分で首を吊ったのではなく、誰かに首を絞めて殺された可能性が浮上しています。つまり自殺は偽装されたのかもしれない」

「それはあくまで可能性ですよね。仮に僕が殺したのだとしたら、僕はどうやって部屋から出たんですか。部屋のドアには内側からしか開け閉めできない防犯用の鍵が二つもかかっていた。合鍵を持っていたって入れなかったんです。だから管理人さんも開けられず、警察を呼んで扉を壊してもらったんですよ。あの部屋は密室だったんです」

「密室……。確かにそうでした。しかしあなたは小説家。しかも推理小説家だ。何かトリックを使って密室をつくりあげたのではないですか。発見時、部屋の玄関が水浸しになっていた。どうしてです？　私はね、これがトリックの痕跡に思えてならない」

か」

「そんな、創作と現実を一緒にしてもらっては困ります。水浸しのことなんて知りませんよ。トリックって、具体的にどうやって僕は密室をつくったって言うんです
か」

「それはわかりませんが……、マンションの入り口の防犯カメラには、午前零時頃あなたが入ってゆき、三十分後に出てゆくのが映っていました。ちょうど死亡推定時刻の頃です」

「さっき説明したとおりですよ。あの日、夕方ごろ妻と口論になって、僕は家を閉め出され、駅前のホテルに泊まることになった。でも、何とか話し合えないかと、部屋の前まで行ってインターフォンを鳴らしたり、ドアを叩《たた》いたりしたんですが、なしのつぶてで……結局、ホテルに戻ったんです」

「その口論の種は、あなたの愛人問題ですね。ずいぶんと若くてきれいな方らしいじゃないですか。あなたが特別講師を務めた小説講座で知り合ったとか。そこそこ売れるようになった既婚の小説家が、そういう講座やらイベントやらで出会った、ファンやら書店員やらとややこしいことになるっていうのは、わりとあることらしいじゃないですか。意外と爛《ただ》れた世界なんですなあ。ともあれ、あなたは、売れない時代を支えてくれた糟糠《そうこう》の妻を捨て、その愛人と一緒になりたかった。しかし奥さんは、離婚に応じようとしなかった。あなたにとって、奥さんは邪魔な存在にな

っていた……つまり、あなたには動機がある」

「そんなの犯行の証明にはならないでしょう。僕がやったというなら、どうやって密室をつくったのか説明してくださいよ」

「それは……」

刑事は言い淀《よど》んだ。僕は内心ほくそ笑む。刑事さん、ご明察。僕はあの夜、妻を殺した。そしてある方法で内側から鍵をかけたまま外に出たんだ。玄関が水浸しになっているのはその痕跡さ。でもその先は一介の刑事ごときがいくら推理してもわからないだろう。これまでどんな大作家も思いつかなかった画期的なトリックでつくった、究極の密室なんだ。作品に使えば推理小説史に残ったかもしれない……と、思うとあまりに惜しいけれど、背に腹は代えられない。これで僕は罪を免れて、愛人と新しい生活を始めるのだ。

「もう話すことはありませんね。では、帰らせてもらいます」

僕が席を立とうとすると「帰すわけねえだろ！」と、いきなり刑事が怒鳴った。肩を摑《つか》まれ無理矢理椅子に座らされた。

「な、何をするんですか。これは任意の取り調べでしょう」

「形式上はそうだが、おまえが吐くまで続くんだよ。覚悟しておけ。この人殺しが！」

「え、や、そんな。だって、密室が……」

「小説家のセンセイよ、創作と現実を一緒にしてもらっちゃ困るなあ。密室？　あんた、俺なんかがいくら推理してもわかんねえとタカを括《くく》ってんだろうが、こちとら推理なんてする気はねえよ。あんたがやったに決まってんだ。どうやったかはこれから吐いてもらう。昨今、人権がどうのこうのうるせえが、厳しい取り調べで強引に自白とるのは日本警察のお家芸さ。あんたに教えてやるよ――」

刑事は満面に笑みを浮かべて言った。

「――この取調室こそが究極の密室ってことをな」

親友交歓

法月綸太郎

のりづき・りんたろう
一九六四年島根県松江市生まれ。京都大学法学部卒業。八八年『密閉教室』でデビュー。二〇〇二年「都市伝説パズル」で第五十五回日本推理作家協会賞（短編部門）、〇五年『生首に聞いてみろ』で第五回本格ミステリ大賞を受賞。『二の悲劇』『キングを探せ』『ノックス・マシン』『挑戦者たち』『赤い部屋異聞』など著書多数。

中学の同級生だったH君が電話をくれたのは、例の騒動がまだくすぶり続けていた頃である。声を聞くのは十数年ぶりだったが、相手が名乗った瞬間に懐かしい顔が目に浮かんだ。

「覚えていてくれて嬉《うれ》しぃよ」とH君は言った。「きみは売れっ子作家だから、僕のことなんか忘れてるんじゃないかと思って」

「忘れるわけがないだろう」

思わず力んだ声になる。ここ数週間、私はすっかり人間不信に陥って、仕事関係の友人知人を遠ざけていた。そのせいで人恋しさが募っていたかもしれない。

携帯の番号は実家の親に聞いたという。H君とは中二、中三と同じクラスで出席番号も続きだったから、自然と親しくなった。当時は無二の親友で、お互いの親とも顔なじみだったが、高一の夏に彼が転校して以来、疎遠になってしまったのである。

「あれから悪いことばかりでさ。転校先でいじめに遭って、不登校から引きこもりニートというお決まりのコースをたどったんだ」

「いじめのことなら知ってる。高二になる前に、親御さんから手紙が来て」

「心配して何度も連絡をくれただろ？　無視してすまなかった。とても返事のできる状態じゃなかったし、親友にみっともないところを見せたくなかったんだ」

「水臭いこと言うなって。苦しい時こそお互いさまじゃないか。こっちだって、最近はみっともないことばかりだよ」

「きみも大変らしいね」H君は心配そうに言った。「ネットで見たよ。盗作だのパクリだの、あいつら何にもわかってない。きみの才能を妬んで、足を引っぱるだけの連中だ」

「そう言ってくれるだけで救われるよ」

私は苦い気持ちで答えた。新人賞に応募したデビュー長編が評判になり、一躍人気作家に仲間入りしたのが四年前。売れすぎた反動で二作目が書けなくなり、短編とエッセイでかろうじて食いつないできた。ところが、苦心惨憺《さんたん》の末やっと書き上げた第二長編に盗作の疑いがかけられ、あっという間にパクリ作家の汚名を着せられてしまったのである。

「急に電話したのは、きみの味方だってことをどうしても伝えたかったからなんだ。きみが発表した作品は全部読んでるし、この前の長編だって傑作だった。うわべしか見ない連中と違って、ずっと読んできたからわかる。中学の卒業文集に書いた話を覚えてるか」

卒業文集？　私がとっさに思い出せずにいると、H君は誇らしそうな声で、

「『卒業』という題で、ショートショートを書いただろ？　七百字で最後にすごい落ちがあるやつ。読んだ時は感動してさ。まだ中学生なのにあんな話が書けるなん

て、きみは本当に天才だと思った」

「お世辞なら勘弁してくれよ」

「お世辞じゃない。今でもちょくちょく卒業文集を広げて、きみの作品を読み返してる。出席番号が続きで、自分と同じページに載ってるのが自慢なんだ」

「ああ。そう言われて思い出した……」

「きみがネットで叩《たた》かれてるのを見て、無性に腹が立ってさ。才能が枯渇したとか、デビュー作もパクリだとか。だけど、あいつら全然わかってない。卒業文集を読めば手のひらを返すぞって、妙子《たえこ》にもそう言ってやったんだ」

「妙子って、きみのお母さんの？」

「そう。二階の自室で『卒業』を朗読してたら、妙子がうるさいって文句を言いにきやがって。あんたもあんたの親友もろくな人間じゃない。どうせネタに詰まって盗作したんだろって抜かすから、ついカッとなって突き飛ばしたら、そのまま階段の下まで転げ落ちてさ。打ちどころが悪かったみたいで、息をしてなかった。親父《おやじ》が部屋から飛んできて、母さんに何をしたって怒鳴るから、思わず首を絞めちゃって――」

「ちょっと待て。それいつの話だ？」

「昨日の夜。二人とも死んじゃったんでもう覚悟は決めたけど、その前にどうしてもきみの声が聞きたくなって」

「おい、今どこだ？　俺がすぐそっちへ行くから、絶対自殺なんかするなよ」

「僕なら大丈夫。自首するために警察の前まで来てるから。きみのことだって、じきにみんなわかってくれる」

「わかってくれるって、何のことだ？」

「きみの才能だよ。卒業文集のショートショート、本当にすごかったんだ。あの話はまだ発表してないだろ？　あれを読んだら、みんなきみの才能を認めるよ。だってまだ中学生で、あんなすごい話を書いたんだぜ」

「あれを読んだらって、おまえ――」

「だから僕が自首して、引きこもりのニートが両親を殺したと世間に知れたら、ワイドショーとか週刊誌とか、血眼になって容疑者の卒業文集を探すよな。テレビではモザイクがかかるけど、業界人なら同じページにきみの作品が載ってることぐらいすぐわかる。あれさえ読めば誰だって、きみが中学生の時から天才だったと思い知るはずさ」

　私は携帯を握りしめ、喉まで出かかった言葉を呑《の》み込んだ。あれは盗作だったんだよ、H君。図書館で見つけた海外アンソロジー短編のネタを縮めて書き直しただけだったんだよ。

花火の夜に

呉 勝浩

ご・かつひろ
一九八一年青森県生まれ。大阪芸術大学映像学科卒業。二〇一五年『道徳の時間』で第六十一回江戸川乱歩賞を受賞しデビュー。一八年『白い衝動』で第二十回大藪春彦賞、二〇年『スワン』で第四十一回吉川英治文学新人賞、第七十三回日本推理作家協会賞（長編および連作短編集部門）を受賞。著書に『ロスト』『バッドビート』など。

待ち合わせはＪＲ福島駅だった。大阪梅田からひと駅とはいえ、ふだんはこんな人ごみができる街じゃない。午後七時半を過ぎていた。すでに二十分、わたしは待ちぼうけをくっている。

「ごめん、遅れたあ」

黄色い声に顔を向けると、浴衣姿の照れ笑いが目に入った。

「遅《お》っそいわ。もうはじまんで」

「ごめんて。帯が見つからんかってん」

大学生くらいに見える彼女の顔は上気していた。全身から楽しくて仕方ないというエネルギーがあふれていた。今にもジャンプするんじゃないかと思った矢先、どーん。

北の空から重たい破裂音がした。淀川《よどがわ》花火大会の開始を告げる一発目はビルの陰になり、音しか聞こえなかった。

思わずスマホを取りだす。そっけなく、七時四十分の表示があった。

「ほら、はよ行こ」

彼女の手招きに導かれ、わたしも歩を進める。

歩道には列ができ、その行列はのろのろ進んだ。どーんと音が鳴るたび、また少し進みが遅くなった。高いビルやマンションのせいで光の輪は端っこしか見えず、苦笑や不満がもれ聞こえてくる。すっかり陽《ひ》は沈み、夜の高揚が辺りを覆っていた。

彼女は団扇《うちわ》をあおいでいた。

「どこまで行くん？」

「川のほうまで行ってみようや」

「えーっ。絶対座れんやん」

二人くらいいけるやろ。いけんかったら肩車してや。アホ、体重考えろや——。

彼女は怒ったり笑ったり、花火よりも色とりどりの表情を浮かべていた。

屋台が出ている公園沿いの道を折れると空が開け、咲いて散る丸い輪をはっきり見ることができた。次々に打ちあがる花火に照らされながら、わたしたちはだらしない隊列の一員となって行進をつづけたのだった。

人波に従い道路を渡り、住宅がならぶ小路《こみち》に入った。まっすぐな道の先に小さなスクリーンのような空。そこを次々と埋める花火の光。腹に響く音。一日限りのカキ氷屋、カーポートで宴会に興じる家族らが、この夏の夜を彩っていた。

わたしは街を歩きながら見る花火が好きだった。ビルとビルの隙間から見上げる花火に解放感を覚えるタチなのだ。

「こうやってブラブラ見る花火はええなあ」

「ほんまにいうてるん？　電柱とか邪魔くさいやん。花火師さんも、こんな見られ方嫌やろ」

　そういう考え方もあるなと、わたしは納得した。

　会場が近づくにつれ、道は人々によって占拠された。

「バイト先のおっさんがしつこいねん。いっしょに花火いこて。やんわり断ってんけど、時間まで待ってるとかぬかすねん。キモいやろ？　ええ歳《とし》こいて、それはちょっとないんちゃう？」

　さすがに暴論な気がした。四十過ぎたおっさんだって、恋する権利はあるんじゃないか。たとえバツイチであろうとも。

「まあ、誘ってみんと脈があるかどうかわからんやろ」

「そこ、わかれって話やん。空気読めっていう」

　なおもつづく罵倒を聞き流しながら、わたしは自分たちの出会いを思い返していた。

　初め、そんな気はなかった。よく働く部下でしかなかった。けれど気がつくと、わたしの頭は彼女のことでいっぱいになっていた。思わず花火に誘うくらい。

　河川敷が見えてくる。土手の上から眩《まばゆ》いライトに照らされ、まるでスタジアムへ向かう気分でわたしたちは坂をのぼった。のぼったそばから階段をおりた。河原に、そして土手の上に、観客が鮨《すし》詰めになっていた。家族連れ、友人の集まり、肩を寄せ合うカップル。

隙間を見つけ腰をおろす彼女のそばに、わたしも座った。どん、どん、どん。花火は上がる。次々と破裂する。音が響く。いきおいは増しつづけ、やがてフィナーレを迎えた。

係員の誘導で、観客は年に一度のスタジアムをあとにする。階段をのぼり、坂を下る。

駅は左手。右手に向かう人々は興奮を引き連れ、手を握り合い、余韻に浸りながらこの夜を散策するのだろう。

大学生みたいな彼女と、茶髪の彼が右へ折れてゆく。しっかり手をつないで。

花火は終わった。わたしは左へ進みながら、もう一度スマホを確認する。待ち人からの連絡はない。どうやら今夜、フラれたらしい。

墓石

翔田 寛

しょうだ・かん
一九五八年東京生まれ。二〇〇〇年「影踏み鬼」で第二十二回小説推理新人賞を受賞しデビュー。〇八年『誘拐児』で第五十四回江戸川乱歩賞受賞。一八年『真犯人』(第十九回大藪春彦賞候補)がテレビドラマ化。著書に『影踏み鬼』『過去を盗んだ男』『築地ファントムホテル』『人さらい』『黙秘犯』、「左遷捜査」シリーズなどがある。

「おばちゃん、元気にしているか？」

僕が擦り切れたジャンパーを脱ぎながら言うと、丸山克也《まるやまかつや》はかぶりを振った。

「二年前に、死んだよ」

「無神経なことを訊《き》いて悪かったな。でも、五年ぶりだから、昔が懐かしくてね」

「かまわないさ、気にしないでくれ」

克也は首を振り、コーヒーカップを口元に運んだ。濃紺の背広の袖口から、ロレックスが光る左手首が覗《のぞ》いている。日の暮れた新宿駅南口前の横断歩道の雑踏で、僕は克也と偶然に再会し、そのまま近くの喫茶店に入ったのだ。そばの席に客はいない。

高校時代、横手が狭い墓地という隣同士の古い木賃アパートに、僕たちは暮らしていた。互いの部屋は二階で、磨《す》りガラスの窓が向き合っていた。ともに母子家庭。同じ高校の同級生。親しくなったのは当然かもしれない。克也の母親は毎日、夕方から働きに出ていた。一方、僕の母は自宅で洋服の仕立てを請け負っていたから、夜遅くまで一人で過ごす克也の部屋に、しばしば遊びに行ったものだ。

「おばちゃん、いつも綺麗《きれい》にお化粧していたよな」

「ああ、あんな商売だから、当然じゃないか」

男客に酒を出す母親の仕事を、あの頃から克也は割り切って捉えていた。少し早目に遊びに行くと、台所横の六畳間で、彼女が押し入れの襖《ふすま》に接して置かれた昔風の鏡台に向かい、化粧していたものだ。《いらっしゃい》鏡の中の僕に、おばちゃんはいつも愛想よく声を掛けてくれた。僕は、密《ひそ》かに友達の母親に憧れていた。

「そういえば、克也が引っ越す直前、おまえの隣の部屋に住んでいた女子大生が首を絞められて殺される事件があったよな」

その女子大生はかなり派手な顔立ちで、むしろそっちの方が夜の仕事をしているような印象があったのだ。事件は、僕たちが三年生の夏休みに起きた。

「ああ。でも、あのことはもう言うなよ」

視線を逸《そ》らして、克也はむっつりと言った。むろん、警察がずいぶんと調べていたし、僕もアリバイを訊かれたが、別の友達と長電話していたことが幸いした。克也のアリバイは、当時付き合っていた同級生の水野美智子《みずのみちこ》が証明したという。殺された女子大生は、頻繁に違う男を部屋に引き入れていたらしい。現場の部屋の玄関錠が開いていたことから、すぐに結論が出た。自宅に上げた男と痴話喧嘩《ちわげんか》になり、殺害された、と。あのアパートはいまも建っているし、犯人はいまだに捕まっていない。

「でも、あのとき、聞き込みに来た刑事に話さなかったことが、一つだけあるんだ」

「刑事に話さなかったこと?」

コーヒーカップを手にしたまま、克也が掬《すく》い上げるような目で僕を見た。

「ああ、事件の起きた晩、たまたま窓を開けて、おまえの真っ暗な部屋の窓を見たんだ。そうしたら、おまえの部屋の磨りガラスに、墓石のシルエットが浮かび上がっていたのさ」

「そんな、怪談《かいだん》噺《ばなし》みたいなことを言うなよ」

「克也もそう思うだろう。だから、刑事にも話さなかったんだ。でも、本当に見たんだぜ」

克也の部屋は、二畳の台所と六畳の部屋が二間で、台所横の玄関戸に明かり取りの菱形《ひしがた》の曇りガラスが嵌《は》め込まれていた。夜、室内燈《とう》が消えると、外廊下の電燈の光が、その曇りガラスを通して台所と手前の六畳間を抜けて、こっちに向かい合う磨りガラスに映る。

「そんなこと、もうどうでもいいじゃないか」

「いいや、どうでもよくない」

「何を言いたいんだ」

「この格好を見れば、僕の経済状態が芳しくないのは分かるだろう。実は、半年前に勤めていた会社からリストラされて、ここのところ、ずっとハローワーク通いなんだ」

「それは、大変だな」

「それに、娘がまだ二歳でね。ちなみに、母親は旧姓水野美智子だよ。——あの事件の起きた晩、彼女と一緒だったというのは、おまえから頼まれた偽のアリバイだったそうじゃないか。でも、どうして、そんなことをする必要があったんだろう」

克也の手にしたコーヒーカップがかすかに震えている。僕は続けた。

「昔風の鏡台って、引き出しのある四角い台に細長い鏡が載っているだろう。だから、背後から光が当たると、シルエットは墓石そっくりだ。しかし、押し入れの襖に接して置かれていた鏡台が、なぜ部屋の中央にずらされていたのか。その理由は、鏡台をずらし、襖を開けて押し入れに入ったおまえが、天井裏を伝って隣の女子大生の部屋に忍び込んだからじゃないかな。木賃アパートの天井裏は、埃《ほこり》が堆積しているから、おまえの部屋の押し入れから、隣の部屋の押し入れまで、人が這《は》った痕跡がいまもはっきり残っていると思うよ」

僕は、ぬるくなったコーヒーに口をつけた。

人を憎んで
罪を憎まず

下村敦史

しもむら・あつし
一九八一年京都府生まれ。二〇一四年『闇に香る嘘』で第六十回江戸川乱歩賞を受賞しデビュー。『生還者』で第六十九回日本推理作家協会賞（長編及び連作短編集部門）候補、『黙過』で第二十一回大藪春彦賞候補。著書に『フェイク・ボーダー　難民調査官』『叛徒』『サハラの薔薇』『悲願花』『法の雨』『同姓同名』などがある。

「公共の場から出て行け！」

張詠晴《チャンヨンチン》は、突然浴びせかけられた罵倒に絶句した。

「お前らみたいな男が気持ち悪いんだよ！　犯罪者予備軍め！」

誰かや何かを攻撃したこともなく、今まで誰とでも平和に仲良くしてきたから、こんなふうに他者から悪意を向けられるのは初めての経験で、心臓が凍りついた。

一人の罵声を皮切りに、何人もの糾弾者《きゅうだんしゃ》たちが集まってきた。女性も半数以上いた。キモイ、存在が迷惑、私たちの目の前から消えて――。

「お前らの仲間は何人も残酷な性犯罪事件を起こしてる。責任を感じろ！」

寝耳に水だった。何の話をしているのだろう。

「仲間って何ですか」

恐る恐る訊《き》くと、罵詈《ばり》雑言が襲いかかってきた。感情的で差別的な言葉が無数の槍《やり》となり、突き刺さってくる。

ようやく理解した。赤の他人の犯罪行為で自分は一纏《ひとまと》めにされて責任を問われ、排斥されそうになっているのだ。今の世の中、特定の国の外国人が何人も他国で事件を起こしたら、無関係の人間も国籍で一括《ひとくく》りにされ、出て行けと罵倒される。

張詠晴は感情的にならないよう、努めて冷静に返事した。

「私は誰も傷つけたりしていません。特定の集団の中で事件を起こした人間がいたとしても、全員が犯罪者ではないんです。他の大多数は平和的に生きているんです。性犯罪なら私たちよりも、教師やスポーツ選手、市の職員、有名大学の学生、強豪校の部員なんかのほうがよっぽど多いし、大半は家族や親族や友人知人による犯行なのに、なぜ無関係の私たちが攻撃されるんですか」

憤激と憎悪に囚《とら》われた集団は聞く耳をもってくれなかった。

「お前らさえ消えれば性犯罪はなくなるんだよ！」

「お前らは目立たないところでひっそり生きていけばいいんだ」

「一部の犯罪行為で全般を悪人視してしまうのは、人間の感情だろ。何が悪い！」

日本でしばしば社会問題になる民族排斥デモを連想した。まるで暴言を書き殴ったプラカードが無数に掲げられているようだった。

最近は、同じ罪でも〝敵〟が犯せば苛烈《かれつ》に糾弾し、〝自陣側〟が犯せば都合のいい屁理屈《へりくつ》で擁護する者が多い。相手によって自分の論理や倫理を適用するかどうかを選ぶ。

日本には〝罪を憎んで人を憎まず〟という理想があるが、誰の罪かによって平然と態度を変えるのは、〝人を憎んで罪を憎まず〟だと思う。それこそ、厚顔なダブルスタンダードの無自覚な差別ではないか。

浴びせられた信じがたい暴言の数々に自殺も考えた。二十七年生きてきてこれほどの悪意を向けられた経験がなく、ただただ嵐が過ぎ去るのを待つしかなかった。

平和的にただ存在しているだけで中傷される世の中は恐ろしいと思った。自分が気に入らない誰かや何かに不寛容な人間が、民族やその他の属性に心底寛容であるとはとても思えない。

張詠晴は外出すると、都内の駅に入った。一カ月前は夢と希望と喜びにあふれていた壁面は、今や無機質なタイルに戻っていた。

母国台湾では〝KAWAII〟が人気で、その発祥地《はっしょうち》である日本に憧れて留学した。イラストレーターとしての頑張りが認められ、徐々に仕事が増えていき、ついに壁面パネルの大仕事を貰《もら》えた。キャラクターに最大限の愛情を込め、イラストを描いた。自分が一番可愛《かわい》いと思う美少女だ。

だが――。

それがニュースになるや、イラストの絵柄はもちろん、キャラクターのデザイン、イラストレーターの人間性までこきおろされ、その絵を愛好するファンは、目を覆うほどの中傷を受けた。その手の漫画やアニメの愛好者が過去に事件を起こしたという理由で、性犯罪者予備軍扱いされた。絵を罪として、性犯罪を助長している、性的搾取だ、と非難された。

民族差別を正当化する論理そっくりそのままだ。

無慈悲で一方的な攻撃は永遠に続くかと思われた。しかし、イラストレーターの素性が判明したとたん、流れは一変した。

罵倒の数々は、性別を曖昧にした日本人名のハンドルネームを使っているSNSで浴びせられたコメントだった。

アニメ的な絵を描いたのが日本人の男性ではなく、張詠晴という台湾人留学生の女性による仕事だと知れたとたん、一部の狂信的な過激派を残して誹謗《ひぼう》中傷はぴたりとおさまった。絵を誰が描いたかで糾弾者たちの態度が変わったのだ。それこそまさに〝人を憎んで罪を憎まず〟だった。

張詠晴は傷だらけの心でSNSのアカウントを削除した。

白い腕

上田早夕里

うえだ・さゆり

兵庫県生まれ。二〇〇三年『火星ダーク・バラード』で第四回小松左京賞を受賞しデビュー。一一年『華竜の宮』で第三十二回日本SF大賞、第十回センス・オブ・ジェンダーを受賞。一八年『破滅の王』で第百五十九回直木賞候補。著書に『魚舟・獣舟』『リリエンタールの末裔』『深紅の碑文』『夢みる葦笛』『ヘーゼルの密書』など。

私が子供時代を過ごした実家の庭先には土蔵がひとつあった。土壁に漆喰《しっくい》を塗って瓦を葺《ふ》くタイプの古風な蔵だ。その外観は眩《まぶ》しいほどに白く、遠くからでもよく目をひいた。

七歳の夏休み、私は蔵のそばでバッタを追いかけているうちに、この蔵の土台の少し上に、鉄格子がはまった四角い穴を見つけた。バッタは左右に跳びはねつつ、その中へ飛び込んだ。穴に顔を近づけると、なんともいえない奇妙な匂いがした。寂しさと苦渋を強く感じる匂いだった。不思議な気分に囚《とら》われたそのとき、闇の向こうから白い蛇のようなものがゆっくりと伸びてきて、艶《なま》めかしい動きで鉄格子に絡みついた。その動作は、とても小さな子供が、闇の向こうから鉄格子をぎゅっと握りしめたかのようだった。

私は仰天して縁側から家の中へ逃げ込んだ。居間には誰もいなかった。あの白いものがここまで侵入してきそうな気がして、ますます怖くなった。がたがた震えていると、買い物に出ていた父がビニール袋を提げて帰って来た。蛇が出た、と父に訴えて、私は土蔵を指さした。父はすぐにサンダルをつっかけて庭へ出た。どこ？と訊《たず》ねるので、私も庭へ降りて先ほどの場所へ連れて行った。白いものはもういなかった。この穴はなんなのかと私が質問すると、父は換気口だと教えてくれた。土蔵の床下が湿気《しけ》ないように、小さな穴を作って空気が流れるようにしておくのだと。

父の話によると床下の空間は狭く、あのような形で鉄格子を摑《つか》もうとすれば、子供でも腹ばいになる必要があるようだ。となると、間近に相手の顔が見えていなければおかしい。もし、立った状態で頭上へ手を伸ばしていたのだとすれば、鉄格子がある場所の真下に、それなりの深さを持つ空間が必要だ。私は漫画や映画で観《み》た「地下牢《ちかろう》」を頭に思い浮かべた。だが、土蔵内の床には地下室へ続く扉などない。別の場所からも入れない。では、あの腕の持ち主は、どこから床下へ入ったのか。

好奇心が恐怖を上回った。私は毎日、土蔵の換気口を観察するようになった。私が覗《のぞ》きに行くと、白い腕はいつも闇の向こうから伸びてきて、細い指先でこするようにして鉄格子を握った。

両親や祖母にこれが見えないのは不可解だった。父は私が白蛇を見たのだろうと結論しており、祖母は「白蛇だったらそれは神様のお使いだから、絶対に触らず、そのままにしておくのだよ」と諭した。母は私が寝惚《ねぼ》けて夢でも見たのだろうと笑った。私には、寝ている間に見る夢と現実との区別がつかなくなってしまう瞬間が、確かにしばしばあった。のちに知ったところによると、それは人間の脳にありがちなありふれた現象らしい。

大人から止められても、私は何度も土蔵の換気口を見に行った。白い腕はいつも同じように穴の奥から出てきた。幾たび目を凝らしても相手の顔は闇の中には見えなかった。ある夜、私は白い腕に追われる夢を見た。ついに鉄格子の外まで伸びた腕が、さらに伸び続け、夕暮れの草原を必死に駆けていく私をどこまでも追ってくるのだ。指までもが長く伸びてゆらゆらと揺れていた。誰かが私の耳元で囁《ささや》いた。重い、重い、蔵をどけて——と。

私は泣きながら目を覚ますと、両親と祖母に向かって、土蔵の下に何かがいる、蔵をどけて助けてあげてと訴えた。大人たちは私の真剣さを不気味に思ったのか、業者を呼んで、換気口から床下にファイバースコープを差し込んで探る作業を頼んだ。業者には「蛇がいるかもしれないので気をつけて」と伝えたので、彼らは慎重に作業を進めた。だが何も見つからなかった。父は換気口の前に煉瓦《れんが》を積みあげ、板で蓋をし、私に対しては観察の禁止を言い渡した。

数日後。私が住んでいる地方が地震に見舞われ、なぜか土蔵だけが全壊した。両親はこれを機会に蔵の撤去を業者に依頼した。作業員が瓦礫《がれき》をすべて運び出し、著しく破損した基礎を抜こうとしたとき、その場にいた者は、自分たちの足下を見て一斉に息を呑《の》んだ。

巨大な生物の真っ白な骨が、完全に揃《そろ》った状態で大地に横たわっていた。鋭い牙が並ぶ大きな頭蓋骨、太い脊椎と長い尾、直立歩行を可能にする二本の頑丈な大腿《だいたい》骨《こつ》、長い指を何本もそなえた小さな前脚などが、最近死んだ動物のような生々しさで土中に埋もれていた。警察に連絡したところ、すぐに大学から研究者が駆けつけて調査を始めたが、この生物の正体は判明しなかった。化石ではないのだった。骨はたいそう新しく、それはこの生き物が、現代でも、まだどこかに棲息している可能性を示していた。土蔵全体で封じられるような格好で埋まっていたことから、呪術的な解釈をする者もいた。

世間の騒ぎを眺めながら私は思った。

人間以外の生き物の幽霊――などというものが、この世に存在する可能性はあるのだろうかと。そして、いつか、生きているこの怪物と、どこかで出逢える日が来るのかもしれないと。

首の皮一枚

白井智之

しらい・ともゆき

一九九〇年千葉県生まれ。東北大学卒業。二〇一四年、第三十四回横溝正史ミステリ大賞の最終候補作『人間の顔は食べづらい』でデビュー。『東京結合人間』で第六十九回日本推理作家協会賞（長編及び連作短編集部門）候補、『おやすみ人面瘡』で第十七回本格ミステリ大賞候補。著書に『少女を殺す100の方法』『お前の彼女は二階で茹で死に』『名探偵のはらわた』などがある。

「やあ木偶《でく》の坊。気分はどうだ？」

パーシーが重たい目蓋を開けると、社長のゴードンが嬉《うれ》しそうにハンディカメラを構えていた。

ウィルバート工務店の倉庫棟の一角。金属製の椅子に胸と腰を縛り付けられているせいで身動きが取れない。全身が泥のような倦怠感《けんたいかん》に覆われ、数分前のことを考えるだけで赤ん坊の頃の記憶を引き摺《ず》り出すような気分になった。

「なんの真似《まね》だ。あんたの愛娘《まなむすめ》がポルノ動画に出てんのを同僚にバラした腹いせか？」

「そんなんじゃない」ゴードンは娼婦《しょうふ》に説教する実業家みたいな顔をした。「奇跡が起きたのさ。お前みたいなぼんくらにはもったいない奇跡だ」

「社長の脳に腫瘍でも見つかったか？」

「減らず口を叩《たた》ける幸運を感謝しろ。お前はダイヤモンドカッターで首をちょん切ったんだからな」

自分の顔からスッと血の気が引くのが分かった。

不意にその瞬間の記憶が甦《よみがえ》る。パーシーは椅子に座って大理石を切断している最中、作業着のポケットからライターを落としたのだ。半年前に馬鹿でのろまな同僚が作業場で煙草《タバコ》をふかし、粉塵《ふんじん》爆発で天井を吹っ飛ばして以来、作業場へのライターの持ち込みは禁じられていた。

パーシーは五歳の夏にフェリーから落ちて三週間ほど生死をさまよって以来、なぜか物をよく落とす癖があった。慌てて床のライターを拾う。その瞬間、グラインダーの安全装置がパチンと外れる音がした。反射的に首を上げる。カッターがくるくる回りながら飛び出してきた。死ぬ。全身の毛穴から汗が噴き出たところで記憶が途切れた。

「カッターはお前の首を貫通して壁にぶっ刺さっていた。お前の首はちょん切れてるのに、ドタマが首に乗っかったままで、血の一滴も流れていなかった。これは奇跡だ。お前は芯棒のないケンダマだ。一秒でも長く生きたけりゃ身体《からだ》を動かさないことだな」

ゴードンはファインダーを覗《のぞ》き込んで品のない笑みを浮かべた。なるほどそいつは奇跡だ。五歳の夏から変わらず、パーシーは死神に嫌われているらしい。

「良いアイデアがあるんだ。首が落っこちる瞬間が撮れたら、お前の母ちゃんに動画をプレゼントしてやろうと思う」

「二十年前に死んだよ」パーシーは鼻を鳴らした。「カードの支払いに追われて腎臓を売った挙句、感染症にかかって熱に浮かされて死んだ」

「そいつは幸運だったな。おれが母親ならまずお前の腎臓を売る」

まったくその通りで、母親がパーシーの臓器を売る前に死んでくれたのは不幸中の幸いだった。三十まで運良く生き延びたのに、こんな男の酒の肴《さかな》になって死ぬのは納得できない。パーシーは首を動かさないように、ゆっくりと唇を開いた。

「おい社長、地獄って知ってるか。あんたは借金を減らすために娘をハードコアポルノに売った人間の最底辺だ。そのうえ従業員を見殺しにしたら地獄へ真っ逆さまだぞ」

「もっと命乞いをしろ。いくらでも聞いてやる」

ゴードンはカメラを三脚に固定すると、ソファに座ってうまそうに煙草を咥《くわ》えた。

大丈夫、作戦はここからだ。

「おれにはマーガレットって伯母がいる。頭の出来がべらぼうに良くて、日本の大学で頭部移植の研究をしてるんだ。頭と胴体をフランケンシュタインの怪物みたいにくっつける研究だな。難病治療にもつながる立派な仕事だが、臨床試験を受けたがる人間が見つからないのが悩みらしい。一年前の移植実験では、検体に五億ドルを払ったそうだ」

「ごおく？」ゴードンが喉仏を上下させた。やはり馬鹿を騙《だま》すのに大事なのはゼロの数だ。

「人間のドタマにはそれだけの価値があるってことだ。娘にポルノ俳優の尻を舐《な》めさせなくても、おれを引き渡せば借金が返せるぜ」

「お前は日本人とくっつけられてヨコヅナみたいになるわけか。傑作だな」

ゴードンは下卑た笑みを浮かべると、パーシーの作業着からスマートフォンを取り出した。

「マギー・スズキ。こいつか」

ゴードンが画面をタップする。パーシーは有り金をすべて四連単に突っ込んだような気分で、倉庫棟に響く発信音を聞いた。

「お」ゴードンが目を丸くする。「もしもし、スズキさんですか。甥《おい》っ子がぜひあんたの手術の実験台になりたいと言ってます。ひとつ日本人とくっつけてみませんか。——え？　二十五年前、母親に頼まれた？」

ゴードンは肩を竦《すく》めて、パーシーの首を見上げた。

「施術は一人一回までらしい」

道理でよく物を落とすわけだ。思わず舌打ちした拍子に、頭がごろんと床へ落ちた。

ちゃんと聞いてる?

西澤保彦

にしざわ・やすひこ

一九六〇年高知県生まれ。米エカード大学創作法専修卒業後、高知大学助手などを経て執筆活動に入る。九五年『解体諸因』でデビュー。「匠千暁」「神麻嗣子」「腕貫探偵」などのシリーズで人気を博す。著書に『七回死んだ男』『瞬間移動死体』『聯愁殺』『下戸は勘定に入れません』『夢魔の牢獄』『偶然にして最悪の邂逅』などがある。

「ねえ、あなた。あなたってば。ちょっと。聞いてる？　ちゃんと聞いてちょうだい」

「ああ。うん。聞いてるよ。なんだっけ」

受話器を持ちなおすおれの股間をアンジーが鉤鼻《かぎばな》をひくつかせ、覗《のぞ》き込んできた。両掌《りょうて》に受けた唾液を屹立《きつりつ》したおれにまぶし、にちゃにちゃ、ずりずりしごきたてる。あまりにも盛大に音をたてるものだから電話の向こうにまで届きやしないかと、ひやひやする。

「だから、この前のあれ。凌《りょう》くんったらね、やっぱりお母さんの言いなりなんだって。典型的なマザコンなのよ。あれじゃあ里佐《りさ》が可哀相《かわいそう》だわ。ね、あなた。いまからでも遅くないから、考えなおしてみるのもありかも」

「おいおいおい。とっくに結納も終わっているっていうのに、いまさらなにを馬鹿な」

「ん。あれ。そういえば、あなた」

「なんだ」

「どこにいるの、いま？」

「どこ、ってホテルだよ。宿泊先の」

エメラルドグリーンの瞳でアンジーが上眼遣《うわめづか》いにこちらを窺《うかが》う。そのディズニー映画に登場する魔女さながらの眼光が、おれの小心ぶりを嘲笑《あざわら》っているかのようだ。

「ホテルに？　ひとりで？」

「部下の河崎《かわさき》くんと。そう言っただろ」

「あ。そうそう。部下といえば、あなた、小柴武司《こしばたけし》さんってひと、知ってる？」

ぎくッと全裸の身体《からだ》が硬直した拍子に、受話器を取り落としそうになった。アンジーはそれにかまわず、四つん這《ば》いでおれの股間に顔を埋《うず》めたまま、電柱に向かって用を足す犬のようなポーズでパンティを蹴り脱いだ。

「以前あなたと同じ部署だったんですって。凌くんとも知り合いだ、って言ってた」

「小柴くん。知ってるよ。彼がどうした」

「うちへ来てた。今日」

「え。え？　どうして。なんの用で」

「あなたにお話があるんですってよ。なんでも昔、付き合っていた方のことで、ね」

「付き合っていた？　誰のことだろう」

「知るもんですか。主人はいま出張中ですけど、って言ったら、帰っていったわ。部長によろしくお伝えください、ですって」

内心焦っているおれをアンジーは押し倒し、馬乗りになってきた。ベッドに縫い付けんばかりの勢いで両手でおれの肩を押さえつけ、激しく腰を振りたくる。結合部分がちぎれそうになり、慌てて呻《うめ》き声を圧《お》し殺した。

「どうしたの。風邪でもひいた？」

「花粉症かな。小柴くんがどういうつもりでうちまで訪ねてきたのか、よく判《わか》らんが。まあ、だいじな用件なら、また来るだろう」

ピンポン、ピンポン、ピンポン。ドアチャイムとおぼしき音が鳴り響いた。

「ん。なんだろ。ちょっと待ってて。よいしょ、と。あ。いらっしゃい。早かったのね。これ？　いま主人と、ちょっと。うん。そうそう。もしもし？　あなた？」

「誰か来たのか、こんな時間に」

「凌くん。あ。順次《じゅんじ》くんもいっしょね」

「あ。どーもお、お義父《とう》さん」「どうもどうも。こんな電話越しで、失礼します」

「お元気ですかあ？」と此嶋《このしま》凌と無良《むら》順次が立て続けに、屈託のなさそうな声を上げる。

「あたしたち、今日はこれからみんなで〈クロースヘヴン〉へお出かけなのよ」

「そうか。それはいい。じゃあおれ抜きで、家族みんなでフルコースを楽しんでくれ。里佐と直美《なおみ》にもよろしく言っといて」

「はあい、判った。おやすみなさい」

電話は切れた。疲れた。ほんとうに、どっと疲れが襲ってきた。なんでわざわざこんなときに、こんな趣味の悪い、こんなにも心臓に悪いゲームに興じなきゃいけないんだよ。度胸試しが好きなのは、アメリカ海兵隊の軍人だったとかいう父親の遺伝か？　どうでもいいけど、ひとを巻き込まないで欲しい。

忌まいましい気持ちで受話器をブロンドヘアに隠れたアンジーの耳から放したおれは、ぐったり仰向《あおむ》けにベッドに倒れ込んだ。

「あ、言い忘れてたけど」アンジーはおれの手から受話器をもぎ取り、つーッ、つーッという単調な待機音に向かって、血のように赤い口角を吊《つ》り上げた。「里佐と直美は今夜は帰ってこないわ。それぞれお友だちといっしょにスキー旅行中。んふふ。じゃあねえ」

アンジーは受話器を順次に手渡した。すでに上着を脱いでいる彼はズボンのベルトを外しながら受話器を固定電話機へと戻す。

「武司くうん」とアンジーはおれに覆い被《かぶ》さってくる。「どうしたのよ。ほら。もっと動いて」長い舌でおれの顔を舐《な》め回す。「まさか、もうイッちゃったんじゃないでしょうね。まだまだ、夜はこれからよ。ヘイ、ボーイズ！　レッツ、スクルウ！　ファック、マイマウス、アン、カム、インマイ、アス！」

全裸になった凌と順次は前から後ろからアンジーにのしかかり、人妻と三人の男の肉弾戦という狂乱の夜がこうして更けてゆく。

トワイライト

恩田 陸

おんだ・りく

一九六四年宮城県生まれ。九二年『六番目の小夜子』でデビュー。二〇〇五年『夜のピクニック』で第二十六回吉川英治文学新人賞と第二回本屋大賞、〇六年『ユージニア』で第五十九回日本推理作家協会賞（長編及び連作短編集部門）、〇七年『中庭の出来事』で第二十回山本周五郎賞、一七年『蜜蜂と遠雷』で第百五十六回直木三十五賞と第十四回本屋大賞を受賞。『スキマワラシ』など著書多数。

扉の向こう側で、遠くをざわざわと風が吹き抜け、どこまでも渡ってゆく音が地響きのように続いていた。

ここに閉じこもってからいったいどれほどの時間が過ぎたのだろう。目の奥が痛む。こめかみを揉《も》んでみたが、痛みはちっとも治まらなかった。私は疲れ切ってしまい、塞いだ扉の内側にのろのろと腰を下ろした。

こんな何もないところに閉じこもってしまったのは愚かだった。唯一、部屋の中が常に明るいことがありがたい。これで外のように真っ暗だったら、もっと気分は塞ぎ込んでしまっていただろうから。

時折、意味の分からない言葉で呼びかける声が散発的に聞こえてくる。聞いてはいけない。聞いてはいけない。奴《やつ》らが私にどんな仕打ちをしたか。もう二度と信用などするものか。あれほどの狼藉《ろうぜき》、あれほどの屈辱。決して忘れてはなるものか。

しかし、時間が経《た》つにつれ、虚《むな》しさと閉塞感は募るばかりだ。世界は暗闇に覆われてしまった。

あの日から、世界はすっかり変わってしまった。今や、明かりが灯《とも》っているのはこの場所のみ。文字通り、この世は暗黒の世界に沈みこんでしまったのだ。

恐ろしい事故だった。思い出すのも忌まわしく、おぞましい。あの凄《すさ》まじい事故から、世界は光を失ってしまったのだ。

いや、違う。あれは決して事故などではない。ふつふつと怒りが込み上げてくる。あれは犯罪だ。世界に対する犯罪だ。もう取り返しがつかない。あの日を境に、世界は暗黒へと堕《お》ちていった。

だが、奴らは私を引きずりだそうとする。猫撫《な》で声を出して懐柔しようとしたり、甘言を弄してここに入り込もうとしたりする。仕方があるまい。今や、まともな者、光を手にしている者は私だけなのだから。

しかし、私が頑として返事をしないものだから、しばらくのあいだ外は静かになった。

暗闇を荒れ狂う風以外には。

ずっと気が張っていたのに、いつしかうとうとしていたらしい。私は夢を見ていた。笑いさざめく人々が、明るい野原で宴《うたげ》を催している。華やかな歌舞音曲が流れ、美しい女たちが踊り回るさまは、かつての私たちの世界のよう。ああ、あのような牧歌的な世界があったのだ――

ハッとして目覚めた。ぼんやりと辺りを見回す。

目覚めたのに、笑い声はまだ聞こえている。明るい歌舞音曲も。

まさか、そんな。私は慌てて起き上がった。石の扉に耳を押し当て、外の気配を探る。

しかし、聞き間違いではなかった。確かに、大勢が笑いさざめき、歓声を上げるのが聞こえてくる。

有り得ない。外は暗黒で、野蛮な未開の世界に逆戻りしたはず。

なのに、この歓声は？　音楽は？　外でいったい何が起きているの？

私はゴクリと唾を飲み込んだ。

出てはいけない。見てはいけない。

そう心は叫んでいるのに、いつのまにか重い石の扉に手を掛けていた。

ちょっと、覗《のぞ》いてみるだけ。ほんの少し隙間を開けるだけ。指一本入るくらい、ほんの少しだけ——

と、扉の隙間から眩《まばゆ》い光が射《さ》し込んできて、私は一瞬目が眩《くら》んだ。

そんな馬鹿な。なぜ、外に光が？

頭が真っ白になり、次の瞬間、そこに青ざめて口を開けた女の顔が見えた。

この顔を私は知っている？

と、アッというまに沢山の指が隙間に入ってきて、扉が一気に開け放たれてしまった。

たちまち私は外に引きずり出されてしまい、奴らに取り囲まれ、頭上からいっぺんに沢山の声が降ってきた――

「あー、よかったあ、出てきはったあ」

「やっぱり歌と踊りは効いたねえ。顔出したとこに鏡を差し出すってアイデアも」

「ホント、あんさんがいないと文字通り、世の中真っ暗や」

「確かにあいつが全面的に悪い。これまでの恩も忘れて、あんたの大事な工房に、まさか皮剝いだ馬投げ込むなんて、有り得ないやろ。みんなでボコボコにして、キツーくお灸《きゅう》すえときましたからな。縁起悪い、穢《けが》れた、ゆうのも無理はないわな。ちゃんと掃除して、お祓《はら》いしときましたよって。女の子たちにも平謝りして、慰謝料も弾みましたよし」

「だから、堪忍してください。スサノオ、反省してますよって、ここはひとつ、あんたが出てくるまで頑張るゆうて、長時間あんたのためにフラフラになるまで踊り続けた踊り子さんの努力に免じて、何卒《なにとぞ》許してやってくださいな、アマテラスはん」

――いわゆる天岩戸伝説というのは、こんな感じだったのかもしれない。

どんでんがかえる

深緑野分

ふかみどり・のわき
一九八三年神奈川県生まれ。二〇一〇年「オーブランの少女」が第七回ミステリーズ！新人賞佳作に入選、一三年に短編集『オーブランの少女』でデビュー。一九年『ベルリンは晴れているか』がＴｗｉｔｔｅｒ文学賞国内編第一位、本屋大賞第三位に輝いた。著書に『戦場のコックたち』『この本を盗む者は』などがある。

世間じゃ、お話の終わりで「えっ」と読者を驚かせるようなことを「どんでん返し」なんぞと申すようですが、あたしの知ってるどんでんはちょっと違います。いえ、歌舞伎が語源だなどと言いたいんじゃありません。

昔々あるところに、井田《いだ》、という名の男がおりました。勘のいい方ならお察しでしょう、ちょいと点を入れりゃ丼田、どんでんになります。井田は賭け好きのだらしない男で、返せない金を借りちゃあ夜逃げしておりました。ある時、また金を摩《す》った井田は賭博場で借用書を前に筆をとり、ひょっとすれば違う男を取り立ててくれるかもと閃《ひらめ》くと、井の字の真ん中にそっと点を打ち、丼田にして返しました。運良く胴元の下っ端は字の読めない男で、そのまま借用書を持って親分の元へ戻りました。

さて、親分に見つからないうちにと、山を越え谷を越えて逃げた井田は川に出まして、喉を潤すべかと手で水を掬《すく》います。そしてぎょっと目を瞠《みは》りました。運命のいたずらかそれとも神様とやらの賽子《さいころ》がいかさまか。井田の指の股やら手のひらのしわやらに、黄金の粒、砂金が輝いていたのです。

有頂天になった井田は砂金採りをはじめ、人を雇って集落を作り、集落はやがて村になり、井田は村長にまで位が上がりました。川はじゃんじゃん金を吐き、井田もいい気になって金をばらまいたので、村の噂《うわさ》はあたりに轟《とどろ》きます。「あすこの家の柱は金でできてる、障子に張ってあんのは金箔《きんぱく》で、井戸水も金、おまけに金の神様を祀《まつ》ってるんだ」と。

噂は谷から山を越えて、町の胴元の耳にも届きます。親分は下っ端を村に送り込んで偵察させました。商人に化けた下っ端は村の隅々を見てまわり、戻ってくると「噂はほとんどホラでさア。しかし年に一度の祭りは一見の価値がありやす。それと、ちと妙なことが」と薄ら笑いで親分ににじり寄り、耳打ちしました。

それから一年後、商人を装った胴元とその手下がやってくると、村長の井田は借金を踏み倒した相手の顔などすっかり忘れ、豪勢な飯だの酒だのでもてなしました。しかし胴元の親分は憮然《ぶぜん》と酒を突き返し「もてなしよりも今晩の祭りが見たい」と要求したのです。井田は鷹揚《おうよう》に頷《うなず》いて、神事の最前列の席へ案内しました。注連縄《しめなわ》と紙垂《しで》を飾った檜《ひのき》舞台に、座った子どもほどもある金塊がどっしりと鎮座しています。井田が村人の心を一つにさせようと職人に金を固め作らせた像で、釣り鐘のようにてっぺんが尖《とが》り、下の方が膨らんだ形でした。このまわりを巫女《みこ》たちが囲んで、太鼓をどんどん、でんでん、だんだんと叩《たた》くのです。

佳境を迎えますます激しく太鼓がどんでんどんでんと鳴ると、突然親分が立ち上がって叫びました。「すわ！　どんでんと言っておる！」と。

驚いた井田が何ごとかと尋ねると、親分はにやりと笑いました。「金を貸してやった〝どんでん〟を探しているのだが、今し方、太鼓がどんでんどんでんと名乗った。不思議や不思議、この金塊は神が授けた儂《わし》への返済金に相違ない」。そう言って、井田がいつか出来心で点を加え、井田と書いた借用書を見せました。偵察に来た下っ端は字は読めぬが記憶力がよく、井田を覚えていたのです。一年前、きらびやかな祭りで懐を潤した井田の姿を見、屁理屈《へりくつ》をこねて金塊を頂こうと考えたのでした。

ようやく察した井田の顔色はみるみるうちに青ざめていきました。あれはどんでんとは鳴っていない、どんどん、あるいはだんだんだと必死で主張しましたが、胴元は首を横に振り、「どんでんだ」と譲りません。その上「まだごねるつもりなら、貴様がどんでんの代わりになるか」と意味深げに井田の顔を睨《にら》むのです。井田はうんと頷くほかありませんでした。

真夜中、井田は金塊を荷車に載せて山へ行き、ちょうど同じ姿形の岩を掘ると、金塊は土に埋め、岩は荷車に載せて村に戻りました。それから職人の家に忍び込んで、夜なべして金箔を貼り、偽物の金塊を作りました。出来はあまりよくはありませんでしたが、一日持てばよいと考えていたのです。

翌朝、偽の金塊とは知らず満足げな胴元たちは「どんでんの金じゃ、どんでんの金じゃ」と歌いながら町へ帰っていきました。金塊を失った村人は寂しげでしたが、まだ砂金はある、と互いを励まし合います。一方の井田は荷物をまとめ、誰にも見《み》咎《とが》められぬようそうっと家を出て、山へ向かいました。

井田は本物の金塊を持って、遠くへ逃げるつもりでした。土を掘り返すと、きんぴかの金塊はまだそこにあって、井田を迎えました。井田は顔をぎらつかせて金塊を抱きかかえ、荷車に載せようと持ち上げ――そのままひっくり返って、後ろに倒れました。

あっと言う間もなく、井田は山の坂をごろごろ転がっていきます。勢い衰えぬまま河原に落ちていきました。胸にしっかと抱いた金塊がいけませんで、河原の石と重い金塊に挟まれた井田は、死んでしまいました。

両の手足を井の形に広げてひっくり返った井田の胸の上に、金塊が載った様は、まさに点を加えた丼といった風情でした。いたずら心で書いた丼田に、本当になってしまったわけです。そしてあたしはこれを「どんでんが返る」、と呼ぶのです。

硬く冷たく

大山誠一郎

おおやま・せいいちろう

一九七一年埼玉県生まれ。二〇〇四年『アルファベット・パズラーズ』でデビュー。一三年『密室蒐集家』で第十三回本格ミステリ大賞を受賞。『アリバイ崩し承ります』が「2019本格ミステリ・ベスト10」国内編一位に選ばれ、後にテレビドラマ化。著書に『仮面幻双曲』『赤い博物館』『ワトソン力』などがある。

ドアが開いて、ボスとマイケルが入ってくる。ドアの向こうでは、闇の中、粉雪が舞い狂っているのが見える。凍《い》てつくような真冬の夜だ。分厚いコートを脱ぎながらボスが言う。

「ヴィト、お前に殺《や》ってほしいやつがいるんだ」

「え？」

俺の背中を汗が伝った。気持ちの悪い汗だった。

「ファミリーの仕事を邪魔するやつがいる。そいつに消えてもらわなきゃならん。わかるな？」

「はい、ボス」

俺の背中をまた汗が伝った。汗を止めたかったが、どうしようもなかった。

「ヴィト、引き受けてくれるか？」

「もちろんです」

ボスは満足そうにうなずき、幾重にも重なった顎が震える。

「おい、リコ。ヴィトに拳銃を渡してやれ」

兄貴がバッグを開けたので、俺はそちらに目を向けた。バッグから取り出されたのは、俺が夢にまで見たやつだった。ほら、欲しがってたやつだ、と兄貴が渡してきた。黒光りのするそいつを右の手のひらに載せた。硬く冷たい手触りと確かな重み。そいつは俺の手の中でおとなしくしていたが、いざとなればとんでもない力を出すのだ。すごいな、と俺は呟《つぶや》いた。

「よし、ヴィトの度胸を祝してみんなで乾杯だ。マイケル、みんなのグラスにワインを注《つ》いでやれ。とっておきのやつを開けよう」

テーブルに載ったグラスにワインが注がれる。ボスの手下たちが次々とグラスを手に取る。

「乾杯！」

俺も空いている左手でグラスをつかみ、赤紫色の液体を喉に流し込んだ。それからグラスを置くと、右手の中のそいつを持ち上げた。電灯の光を浴びて、そいつは黒くまがまがしく輝いた。俺はその姿にうっとりと見入った。

「――おい、ヴィト。ふざけるんじゃない」

拳銃を向けられたボスが狼狽《ろうばい》したように言う。

「お前の命をもらう」

ボスの横にいるマイケルが懐から拳銃を取り出そうとするが、「動くな」と言われて手を止める。

「ま、待ってくれ！」

ボスの声に重なって銃声が響く。

俺の手の中から一直線に飛び出したものがグラスを弾《はじ》いた。グラスが床に落ちて割れた。兄貴が悲鳴を上げてのけぞり、足を電気コードに引っかけて倒れた。俺も悲鳴を上げそうになったががまんした。

銃声が続き、ボスが床に崩れ落ちる。その横にいたマイケルが叫ぶ。

「おい、リコ、撃ち返せ！」

兄貴は打ち所が悪かったのか、床に倒れたままだった。大丈夫だろうか。

「ヴィト、お前、何でこんなことをしやがるんだ！」

マイケルの顔には憤怒《ふんぬ》の色が浮かんでいる。

「俺はジョゼの息子だ」

「な、何だと⁉」

憤怒の色は恐怖のそれに変わる。次の瞬間、銃声が響きマイケルは倒れる。

そのとき、ドアが開いて女が顔を出した。

「お昼ご飯ができた……まあ、何よこれ⁉」

母さんだった。

「な、何でもないよ」

床に倒れていた兄貴が急いで起き上がった。

「グラスが割れてるし、ぶどうジュースがこぼれてるじゃないの！　早く掃除して！　それに、テレビを消しなさい！」

「はーい」

俺と兄貴はしぶしぶスイッチを切り、拳銃を手にしたヴィトとリコが睨み合う姿が消えて画面は黒くなった。続きが気になるが、怒った母さんは映画のギャング団より怖いのだ。

「それに、真夏なのに何で窓を閉めてるの！」

もちろん、こっそりとテレビを見るためだ。兄貴と俺の部屋にはエアコンなどという洒落《しゃれ》たものはないので、さっきから汗が背中を滝のように流れていた。俺が窓を開けると、真昼のむっとするような熱気とセミの鳴き声が流れ込んできた。

そのとき、何かが窓から飛び去っていった。さっき、俺の手の中から飛び出したやつだ。

「ああ、お兄ちゃん、逃げちゃったよ……」

俺は泣き声を上げた。硬く冷たい手触りと確かな重み、黒光りするからだ——兄貴が近所の林で見つけたカブトムシが逃げてしまった。

your name

青崎有吾

あおさき・ゆうご

一九九一年神奈川県生まれ。二〇一二年、明治大学在学中に『体育館の殺人』で第二十二回鮎川哲也賞を受賞しデビュー。著書に『水族館の殺人』『図書館の殺人』『風ヶ丘五十円玉祭りの謎』『ノッキンオン・ロックドドア』『早朝始発の殺風景』、「アンデッドガール・マーダーファルス」シリーズなどがある。

現れた男は、見事な禿《は》げ頭だった。

頭が旅館のレトロな照明を反射し、てかてかと眩《まぶ》しかった。おそらく剃《そ》って いるのだろう。顔立ちはまだ若い。Tシャツには〈諸行無常〉の四文字が大きくプリントされている。想像とは何もかも異なる人物だった。

男はまず、私の向かい側に座った。しばしあっけにとられた。それから不都合に気づいたのか、「おっと」とつぶやいて隣に移動してくる。ほのかに線香の香りがした。

「はじめまして、探偵の水雲雲水《もずくうんすい》と申します。水に雲と書いてモズクと読むんです。変わってるでしょう。あはは」

「斉田耕平《さいたこうへい》です。よろしく」

簡潔に名乗る。水雲は私のことをよく知っているらしく、気を悪くした様子はなかった。

「いやあ、まさかこんなところで斉田先生にお会いできるとは。〈戸袋《とぶくろ》警部〉シリーズ、全巻読んでますよ。大ファンです」

「それはどうも、ありがとうございます」

「ここへはおひとりで？　それとも奥さんと？」

「一人旅です。次回作の取材も兼ねて」

「旅行先で事件に巻き込まれるとは災難でしたね。ではさっそく、見聞きしたことを教えてください」

ラウンジの窓に視線を流す。紅葉に色づく大鳥山《おおとりやま》の山頂が見えた。話すことはすでに整理できている。私は深く息を吸った。

「昨日、大鳥山に登りました。中腹で昼食がてらレストハウスに入ると、ツアーの団体客で混み合っていました。相席したのがたまたま彼女で、少しだけ会話を」

「樋口朱梨《ひぐちあかり》さん――崖から落ちた女子大生ですね。何を話しました?」

「観光客同士のよくある会話です。どちらから? と聞かれたので、東京からです、と。彼女は千葉からでした。彼女は樋口朱梨ですと名乗り、私は斉田です、と名乗りました」

「それだけですか」

淀《よど》みなく答えてから、コーヒーに手を伸ばす。水雲は唇を尖《とが》らせた。

「それだけです。名乗り合った直後、彼女のツアーの集合時間が来てしまったので。私のファンかどうか確認する暇もありませんでした」

冗談まじりにつけ加えた。「そのあとは?」と水雲がうながす。

「山頂に着いてぶらぶらしていると、朱梨さんの後ろ姿が見えました。崖のへりに立って写真を撮っているようでした。近づいて挨拶しようと思ったとき、彼女が足を滑らせて……」

私は顔をうつむけ、スカーフの巻かれた首を触った。そして再び、愛用のノートパソコンに指を走らせる。打ち込んだ文字がディスプレイに現れる。

「私に、声帯があれば。危ないですよ、と一声かけられれば彼女は助かったかもしれない。下咽頭癌《かいんとうがん》にかかったことを昨日ほど悔やんだ日はありません」

「なるほど、どうもありがとうございます」

水雲は礼を述べてから、

「あなたが突き落としましたね？」

にこやかに言い放った。禿げ頭と同じくらい眩しい笑顔だった。私は苦悩を装うのも忘れ、ぎょっと目を見開いた。

「あなたは前から彼女を知っていた。援交相手ですか？　奥さんにばれそうになったか何かで邪魔になったので消すことに。現地で会うように計画し、崖から突き落とした。声が出せないあなたなら今みたいな言い訳が通りますからね」

ぱくぱくと口を動かすが、喉から声は出なかった。呆然《ぼうぜん》としたままキーボードに指を這《は》わせる。「なぜ」と、二文字だけ打ち込む。

「名前ですよ」

水雲は手帳を開き、さらさらと字を書いた。明、灯、燈、亜香理、安佳里、有加莉――

「アカリという名前は書き方が何種類もあります。朱に梨と書くのはかなり珍しい。でもあなたのパソコンは『朱梨』を一発で正確に変換した。昨日会ったばかりの女性の名前を、なぜ辞書登録していたんです？」

掌編・西遊記

青柳碧人

あおやぎ・あいと

一九八〇年千葉県生まれ。二〇〇九年『浜村渚の計算ノート』で第三回「講談社Ｂｉｒｔｈ」小説部門を受賞しデビュー。同作はシリーズ化され、ロングセラーに。著書に「ブタカン！」「猫河原家の人びと」などのシリーズ、『むかしむかしあるところに、死体がありました。』『赤ずきん、旅の途中で死体と出会う。』などがある。

窓から差し込む月明かりが、やけに明るい夜である。床に堆《うずたか》く積まれた書物の間に寝転がり、孫悟空《そんごくう》は瓢箪《ひょうたん》の徳利《とっくり》から酒を飲んでいた。明日はついに、求めていた水商人と会うことができる。――ほら、やっぱり俺ひとりでもできるじゃないか。三蔵法師《さんぞうほうし》と仲違《なかたが》いしたのは、もう五年も前になろうか。きっかけは何だったか忘れた。何かにつけて説教を食らわせ、そむけば経を唱えて頭の緊箍児《きんこじ》を締め付けるあの坊主に嫌気がさしていたことだけはたしかだ。

「もうあんたなんかお師匠じゃない。俺は、別の道を行く！」

「心を鎮めなさい、悟空。あなたひとりで何ができるというのですか」

言い合いになってなお落ち着いたその口調に腹を立て、引き止める猪八戒《ちょはっかい》と沙悟浄《さごじょう》を殴り飛ばして別れ道を進んだ。十里ほど歩いてたどり着いたのは大陵《だいりょう》という村だった。畑は赤茶けて、作物らしきものは何も見当たらなかった。通りがかった若い娘を捕まえてわけを聞くと、この村には井戸がなく、水は北東の街・三間《さんかん》からやってくる水商人から買っているという。ところが大陵と三間をつなぐ、〝黒い筋〟と呼ばれる道の要所に数か月前から妖魔たちが現れ、水商人の行く手を邪魔しており、村に水がやってこないのだという。

「旅のお方、お願いでございます。〝黒い筋〟は私たちの生命線でございます。どうか、妖魔たちを退治し、水商人を連れてきてくださいまし」

やつれ切った娘は悟空に懇願した。もともと暴れまわるのだけは得意な孫悟空のことである。三蔵法師なくしても人の役に立てるのだといきまいた。一行と別れて以来なぜか觔斗雲《きんとうん》は使えなくなってしまったが、構うこともあるまいと〝黒い筋〟を歩き始めた。

初めに遭遇したのは、槍《やり》のように鋭利な葉を持つ吸血胡瓜《きゅうり》であった。四か月にも及ぶ死闘の末にそれを退治した後も、砂漠を自在に泳ぐ鮫《さめ》、空飛ぶ毒雲丹《どくうに》を操る美女、絶望の蜂蜜を弄する養蜂家――想像を絶する妖魔が次々と立ちはだかった。大陵の生命線たる〝黒い筋〟から邪魔者を一掃する。ただその信念のために進み続けること五年。悟空はついに昨日、三間へとたどり着いたのだ。易者と医者を兼ねているという街の長老に訊《たず》ねると、水商人には明日会わせてくれると言った。

「それにしても、あの妖魔どもをすべて退治したとは大したお方じゃ。食事と酒を用意するので、今夜はうちの、書庫として使っている離れに泊まってくだされ」

好意に甘え、悟空はその何万冊もの本のある建物に入った。運ばれてきた料理と酒に舌鼓を打ち、夜が更けてもなお興奮して眠れぬのである。

ふと、床に無造作に置いてある本に目が留まった。表紙に大きく「手相」という字がある。そういえばあの老人は易者だと言っていた。猿である孫悟空の掌《てのひら》にも、人間と似たようなしわがある。俺の運勢はさぞ優れたものだろう、どれ見てやろうと、悟空は本を開いた。

おや、と悟空は不思議に思った。描かれている掌の絵の中に、いくつか点が打ってあり、「肝」「腎」などと書かれている。しばらく眺めているうち、ははあツボかと、合点がいった。医者でもある老人は、手相とツボの関係を研究しているのやもしれん。

「ん？」

手首の中ほどに「大陵」という名のツボがある。さらに、人差し指の付け根から少し下方に、「三間」という名のツボもある。妖魔退治を頼まれた村と、水商人の住むこの街と、その二つがツボと同じ名とはどういうことか――。

「あぁっ！」

不意に、とてつもなく嫌な思い出がよみがえってきた。――それはもう五百年あまり前のこと。天界の神仙たちを相手に乱暴を繰り返したうえ、身の程知らずにもお釈迦《しやか》様に楯突《たてつ》いた。世界の果てまで行ってくると觔斗雲を飛ばし、五本の柱に名を書いて戻ってきたが、その結果は恥辱に満ちたもので、反省のために五行山という岩山に閉じ込められたのだ。

孫悟空の頬を涙が伝った。俺はまた、同じことをしてしまった。五行山から自分を救い出して仏の道を説き続けてくれたお師匠様を裏切り、傲慢にも己の力を過信した。こんな悟空のことを、お釈迦様が見過ごすはずはなかったのだ。この五年間、水商人を求めて歩き続けたこの広い世界は――、道だと信じていた〝黒い筋〟は――！

　窓からの月明かりは一層強く神々しく、神聖な力を帯びてきた。書物に囲まれ、悟空は己の右の掌に目を落とし、嗚咽《おえつ》を漏らしている。彼の視線の先には手首の付け根から人差し指の下まで伸びる、一筋の生命線があった。

籠城
オブ・ザ・デッド

伽古屋圭市

かこや・けいいち
一九七二年大阪府生まれ。第八回『このミステリーがすごい！』大賞優秀賞を受賞した『パチプロ・コード』（文庫化にあたり『パチンコと暗号の追跡ゲーム』に改題）で二〇一〇年にデビュー。著書に『からくり探偵・百栗柿三郎』『散り行く花』『冥土ごはん 洋食店 幽明軒』『あやかしよろず相談承ります』などがある。

「ふぅ……。これだけ厳重に出入口を塞げば、やつらもしばらく入ってこられないですよね」

「せやな。まあ、根本的な解決にはならんけどな」

「……とにかく、いまは生き延びることを考えましょう」

「わこぉてる。とりあえず座ろか。こんなけ机やら椅子やら運んだら疲れてもぉたわ」

「はぁ……。なんで、こんなことになったんでしょうね。なんでゾンビなんてものが突然発生したんでしょうね」

「そんなもん、わしらが考えてもわかるかいや」

「そうですけど、世界中で感染がこれほど爆発的にひろがるなんて、誰も予想できませんでしたよね」

「ほんま。最初にニュースで見たときは冗談かと思たで。それから一週間も経《た》たんうちに、自分の身に降りかかってくるとはな」

「安藤《あんどう》さんのご家族も？」

「全員、感染や」

「ゾンビ化、ですか……。ご愁傷さまです」

「いまの状況ではしゃあないやろ。わしだけでもいまだに生き延びてること自体、奇跡みたいなもんや。それよりな、わしはずっと疑問に思てることがあんねん」

「なんでしょう」

「その『ゾンビ』って呼び方や。それはあくまで俗称やろ。正式名称、言えるか？」

「たしかTSSSSでしたっけ。って、これも略称ですね。地名と、なんとかかんとか症候群で」

「せや。せやけど略称でもティーエスエスエスエスなんて誰が呼ぶねん。Sかぶりすぎやろ。舌嚙《か》むわ。どうせならうまいこと調整して5Sにしろや。さらに略したTSSが主流やけど、大衆はもっと直感的なネーミングを求めとんねん」

「ですね。だから結局みんな『ゾンビ』って呼ぶようになりましたもんね。だって皮膚が緑みを帯びて、しかもところどころ爛《ただ》れて、見た目はまんまゾンビですし」

「せやねん。そもそも間違いはそこやったと思うねや。政府が最初にもっと呼びやすい名前を付けるべきやった。ミドリちゃんとか」

「ちゃん付けはおかしくないですか」

「ミドリさん？」

「いや、敬称はいらないでしょ。で、なんでゾンビ呼びが問題なんですか」

「そこや。たしかに見た目はゾンビっぽいけど、それ以外は違うところも多いやろ」

「そうですね。死者がよみがえったりはしませんしね。あと、異常に生命力が増しますけど、不死ではないですし。あ、映画のゾンビも不死とはかぎらないのかな」

「ほかにもTSSとゾンビは違うとこだらけやろ。せやけど呼び方と見た目のせいで、虚構のゾンビと混同するようになってしもた。それはやっぱり、間違いやったと思う」

「なるほど。おっしゃりたいことがわかってきました」

「それにわしはな、昔からずっと疑問やったんや。ゾンビ映画とかを見てて」

「というと？」

「たとえば、死者からよみがえったゾンビがおるとするやん。そういうやつらをぶちのめすのは、ええと思うねや。もともと死んどるからな。人権もないやろし」

「まあ、そうですね」

「せやけど、ゾンビに嚙まれたりしてゾンビ化するやつもおるやん。TSSはそんなことせえへんけど」

「接触感染ではあるようですけど、嚙みはしませんね」

「話戻すけど。映画とかやと、そうやってゾンビ化した人間も躊躇《ちゅうちょ》なくぶちのめすやん。それはおかしないか、と。ゾンビになったかて、生きとるわけや。人間なわけや。言ってみりゃ、はしかに罹《かか》ったようなもんや。仮に、不治の病やったとしても、病気に罹ったからってぶち殺してええ道理はないやろ。おかしないか？」

「たしかに。人道的見地からは問題ですよね。襲ってくるから仕方なく、って部分はあるんでしょうけど」

「いや、そんなことないで。直接襲われてへんでも、平気で撃ち殺したり轢《ひ》き殺したりしてるであいつら」

「映画やゲームだと、そういう派手さも必要ですし」

「でも、結局見た目で判断してるってことやろ。見た目が気持ち悪いゾンビやったら殺してもええって、観客も思ってるってことや」

「それは、真理かもしれません。——あ、扉の向こうが騒がしくなってきました」

「そうか。わしらももう、終わりかもしれんな」

「結局、僕らゾンビは人間に駆逐される運命なんですよね……」

阿蘭陀《オランダ》幽霊

柳 広司

やなぎ・こうじ
一九六七年生まれ。二〇〇一年『贋作「坊っちゃん」殺人事件』で朝日新人文学賞受賞。〇九年『ジョーカー・ゲーム』で第三十回吉川英治文学新人賞と第六十二回日本推理作家協会賞（長編及び連作短編集部門）を受賞。著書に『ロマンス』『象は忘れない』『風神雷神』『太平洋食堂』『アンブレイカブル』などがある。

「このお屋敷に日本人の幽霊が出ると聞いて来たのですが？」

橘《たちばな》 彰《あきら》は屋敷の主人だという老人に名刺を差し出した。名刺には「ゴースト・ライター」の肩書が印刷されている。ニヤリと笑い、

「違います。代作者ではなく幽霊話専門のライターです」

と自己紹介すると、屋敷と同じくらい古びて見える老人の顔に微《かす》かな笑みが浮かんだ。

オランダの田舎町で幽霊の出ない旧家を探すのは至難の業だ――ものの本には書かれている。オランダ中西部に位置するライデン郊外。この日、彰が訪ねた古い屋敷は廃墟《はいきょ》に近く、いかにも〝出そう〟な雰囲気が漂っていた。老人はガーゴイルのノッカーが付いた扉を開け、訪問者を中に招き入れた。

彰は録音機をセットし、手帳とペンを構えて、老人に話を促した。

「あれの存在に初めて気づいたのは、五十年近く前、わしがまだ若い頃だった」

老人はひどくしゃがれた、聞き取りづらい声で次のように話し始めた。

ある夜半、妙な気配で目が覚めた。屋敷の中に誰かいる。泥棒なら捕まえてやる。そう思って明かりもつけずに忍び足で階下の部屋に向かった。

部屋には誰もいなかった。カーテンの隙間から差し込む月明かりの中、ふいに首筋を見つめられている気がして振り返ると、壁の鏡に人の顔がぼんやりと浮かんで

いた。目を吊《つ》り上げ、口をかっと開いた、怒りの形相凄《すさ》まじい男の顔だ。這《は》うようにその場を離れ、家中《いえじゅう》の明かりをつけて鏡の前に戻ると、鏡には怯《おび》えた自分の顔と白い壁紙の他は何も映っていなかった。

「それからというもの、あれは度々《たびたび》現れるようになった。わしだけではなく、何人もの客人があれを見ている。おかげでこの家には誰も寄り付かなくなった」

「なぜ日本人の幽霊だとわかったのです？」

彰はメモを取りながら老人に尋ねた。

「この家の歴史を調べたのだよ」老人は答えた。「この家の持ち主で、ナガサキから帰った後に人には言えない妙な死に方をした者があった。三百年近く前の話だ。きっと現地の者の深い恨みを買うようなことをして、呪われたのだろう」

なるほど、と呟《つぶや》いた彰は、手帳を閉じ、録音機を止めて、老人に切り出した。

「今夜一晩、この屋敷で調査させてもらえませんか。勿論《もちろん》、タダとは申しません」

差し出された封筒の中身を確認して、老人は、ふむ、と鼻を鳴らした。封筒を収め、

「取り殺されても、責任はもたんよ」

と、ぼそりと呟いた。

その夜。

屋敷に一人残った彰は、ペンライトの小さな明かりを頼りに作業を開始した。

幽霊が出る階下の一室。鏡の位置を確認し、ペンライトを軽く振ってみる。

(あの辺りか)

鏡と反対側の壁だ。椅子にのぼり、壁紙に慎重にカッターを走らせる。白い壁紙は強い光を当てると単なる白だ。が、月明かり程の光なら壁紙の背後が透けて見えることがある。壁紙をはいでいくと、お目当てのものが姿を現した。目を吊り上げ、口をかっと開いた、怒りの形相凄まじい男の顔――。

外国人の目にはそんな風に見えるのかもしれない。壁紙の下から現れたのは日本の浮世絵、人気役者の大首絵《おおくびえ》だ。

(何が日本人の幽霊だ。何が三百年の呪いだ)

〝お宝〟を回収しながら、彰は思わず口笛を吹きそうになった。人間はつくづく自分の信じたいものを信じる生き物だ。

老人に渡したゴーストライターの名刺など嘘《うそ》っぱちだった。彰の本業は古美術商。但《ただ》し、駆け出しだ。鎖国時代も日本と交易を続けていたオランダでは、時折とんでもない掘り出し物が現れる。当時、日本の磁器は欧州全土で非常な高値で取引されていた。その高価な磁器を包む緩衝材《ダンネージ》として用いられたのが二束三文《にそくさんもん》で流通していた浮世絵版画だ。磁器が無事欧州に到着した後、緩衝材の浮世絵はほとんど捨てられた。ゴッホや印象派の画家たちが浮世絵から美的衝撃を受けるまでの話だ。浮世絵はまず欧州で美術品として価値を見いだされ、その後日本でも珍重されるようになった。

ところが最近、緩衝材として欧州に渡った浮世絵の一部が壁紙の補強用に使われていたことが判明した。高価な浮世絵版画を捜し出すべくオランダに赴いた同業者の中には、お宝にありついたという噂《うわさ》もある。

（これで俺も、駆け出しから卒業だ）

彰は回収したお宝を丁寧に鞄《かばん》にしまい、満足げな笑みをもらした。

翌朝。

屋敷に現れた老人に礼を言い、著作を送ることを約束して、彰は駅に向かった。妙なことに気づいたのは駅の待合室で列車を待っていた時だ。待合室に貼ってあるポスターにどこかで見覚えがある。はっとして、鞄から慌ててお宝を取り出した。お宝だと思ったものは、明るい陽光の下で見れば単なるカラーコピーだ。人間はつくづく……

別れ際《ぎわ》の老人のニヤリとした笑みを思い出し、彰は天を仰いだ。

向こうが一枚上手だった。

オランダの幽霊は商売上手だ。

激しい雨

北村 薫

きたむら・かおる

一九四九年埼玉県生まれ。八九年、覆面作家として『空飛ぶ馬』でデビュー。九一年『夜の蟬』で第四十四回日本推理作家協会賞（短編および連作短編集部門）、二〇〇九年『鷺と雪』で第百四十一回直木三十五賞、一五年に第十九回日本ミステリー文学大賞を受賞。「円紫さん」「覆面作家」シリーズ、「時と人」三部作、『八月の六日間』『雪月花　謎解き私小説』など著書多数。

Kさん。貴女《あなた》からのお葉書が届いたのは、丁度、秋の大雨のあとでした。《さて、かねてよりご依頼申し上げておりました、弊誌のショートストーリー「大どんでん返し」の締切が近づいてまいりました》——と書かれていました。《丁度》、というわけは、天候が、今回の《どんでん返し》と切っても切れない関係にあるからです。

Kさん。貴女は四年前、実業之日本社にお勤めでしたね。そして、わたし北村薫に、こういうお手紙をくださいました。《さて、このたびは、西川美和さんの『映画にまつわるxについて』文庫化にあたり、コメントの使用をご快諾下さり、まことにありがとうございました。》

そう。貴女は、その時の編集者でした。

西川さんの作った映画を評価するのは、当たり前です。しかし、たまたま録画したテレビ、太宰治シリーズの不意打ちには、うちのめされるような衝撃を覚えました。太宰の映像化とは、とても思えない現代の情景から始まりました。不穏な画面が静止し、血のような色で『駈込み訴え』という題が浮かんだ時、わたしは座椅子にもたれていた背を起こしました。

息をのむ二十五分が経《た》ちました。流れるスタッフ紹介。小さな文字が、目立たぬように行き過ぎました。

――演出　西川美和

終わった途端に元に戻し、見返しました。この『駆込み訴え』は、誰も踏み込むことの出来ぬ天才の世界からこの世に送り出された、特別な作品でした。

それから、雑誌『ジェイ・ノベル』で、西川さんのエッセイを読みました。多分、「生き物」の章だったと思います。《この人は本物だ》と思っていたら、単行本『映画にまつわるχについて』として、まとまった。躍る心でページをめくり、その年の三冊を選ぶアンケートに入れ、ほかでも触れました。

その素晴らしい本の文庫化に際し、Kさん、貴女が帯文の依頼をしてくださったのです。

わたしは、帯の言葉や解説を書かないことにしています。遠い昔、一週間に三つもそういうお願いが来ました。無理です。こちらを受け、こちらは書かないというわけにもいきません。その時から、《以前に書いた文章を引いていただくのならかまいません》という形にしています。事情を話すと、貴女は納得してくださいました。

そしてわたしの『映画にまつわるχについて』を語る言葉から、帯の表に《立ち読みして下さい。買うことになりますから。》、裏に《才能のある人が才能を傾けているものについて語っている文章が、よいものでない筈がない。》を抜き、入れてくださいました。

素敵な選択だったと思います。帯はいずれはずれ、忘れられるものです。しかし、ひと時、西川さんの本を、自分の言葉で飾れたのは、大きな喜びでした。

そして八月、西川さんからご丁寧な御礼のお手紙が届きました。

Kさん。それが嬉しかったことも、今回、ショートショートのご依頼をいただいた時、申し上げましたね。

——どんでん返しか……。

心が動きました。時が流れた今なら、この一連の出来事の中の、全く思いがけない、天のいたずらについて、申し上げようと思いました。

ここまで書いた原稿を、わざわざ埼玉の喫茶店まで来ていただいてお渡ししたのも、

——《どんでん返し》を見ていただこう。

という思いからでした。

西川さんからの手紙を、お見せした時の貴女の大きくなった目。そうなのです。手紙が届いた日、突然の豪雨が、わたしの町を襲ったのです。長雨の時なら、配達にも配慮があったでしょう。しかし、そうではなかった。郵便受けに大きな包みが

幾つも押し込まれ、上に入れられた西川さんの封筒が、滑って外に落ちたのです。それを、激しい雨が打っていました。外から帰って来たわたしが拾い上げた時、インクの文字は、封筒の上から流れ落ちていたのです。

うちに入り、水に浸かったような便箋を広げ、乾かしました。《せっかくのお手紙がこんなになって申し訳ない》と情けなくなりました。

霧を通し、遠くにあるような、美しい文字の列でした。水色に滲《にじ》むそれを何とか解読し、ワープロで打ち直しました。

消えた言葉が、よみがえりました。

これは、創作ではありません。事実です。思いもよらぬ、哀《かな》しい顚末《てんまつ》があっても、結局、手紙は——心は、よみがえり、《届いた》のです。

世の多くのことが、そうであってほしいと願います。

（この文章は、首里城が焼け落ちたことを知った朝、一気に書いたものです。）

不運な患者

夏川草介

なつかわ・そうすけ
一九七八年大阪生まれ。信州大学医学部卒業。二〇〇九年『神様のカルテ』で第十回小学館文庫小説賞を受賞し、デビュー。同書は一〇年、本屋大賞第二位に輝き、映画化・テレビドラマ化され、大ヒットシリーズに。著書に『本を守ろうとする猫の話』『勿忘草の咲く町で　安曇野診療記』『始まりの木』などがある。

広い廊下をいくつもの白衣が足早に通り過ぎていく。壮年の男性、若い女医、明らかに研修医らしき青年……、次々と吸い込まれていく先は、廊下の突き当りにある大きなドアだ。頭上の「手術中」と書かれた表示灯は、赤い不気味な光を放っている。時刻は九時半。もちろん夜の九時半である。

御子柴《みこしば》は、人が通るたびに立ちあがって一礼する。相手の反応は様々だ。戸惑い顔をする者、無視する者、黙礼を返す者から、露骨に不快気な顔を見せる者。最後のタイプの医者の中には、「患者も可哀《かわい》そうだよな」と聞えよがしな独り言をこぼしていく者さえいる。

言い訳のしようがない……。

それが御子柴の率直な思いである。

消化器内科医になって八年。これまでも順風満帆であったわけではないのだが、大腸カメラの最中に大腸穿孔《せんこう》、つまり大腸に穴を空けてしまって、患者がそのまま緊急手術になった事態は、初めてであった。

患者の名は、竹田登美子《たけだとみこ》、六十二歳の女性。胆のう癌《がん》の手術予定であった患者で、今日の午後、術前の大腸カメラの検査があった。その検査中のトラブルであった。

御子柴にも言い分はある。腸管に癒着があったこと、大腸憩室という粘膜の弱い部分が多発していたこと、そして当直明けで昨日の朝から眠っていなかったこと。

しかしどれも医者の都合で、患者の側に立ってみれば言い訳以外の何物でもない。手術室に運ばれていく竹田さんの、困惑顔が残るばかりだ。

「せめて睡眠不足さえなければって言い訳はなしだぞ、御子柴」

ふいに降ってきた声に、顔を上げれば、立っていたのは上級医の田沢《たざわ》である。もともと色白の田沢がいつも以上に顔色悪く見えるのは、緊急の医療トラブル検証会議に呼ばれてきたからだ。患者のそばを離れるわけにはいかない御子柴に代わって、田沢が出席してくれたのである。

「すいません」という御子柴に、「いいさ」と田沢は隣に腰を下ろす。手術室の廊下に並んで座る顔色の悪い医者ふたり。いかにも陰気な構図だ。

「検査でも手術でも、手技を学ぶ人間には必ずこういう事が起こる。一度のミスも犯さずに一人前になった医者はいない。まあ、今回は患者も運が悪かったのさ」

運の悪さ。そんな風に考える強さを、御子柴はまだ持っていない。

「先生も経験があるんですか？」

「俺か？　俺だって修羅場は知っているが、ただの大腸カメラで穴を空けたことはないな」

疲労ゆえの率直な返答が、まともに御子柴を打ちのめす。

「落ち込むなよ。外科は、大腸と一緒に、胆のうも手術してくれるんだろ。一回の手術で済めば上等だ。とにかく、これ以上トラブルが重ならないよう祈ろうぜ」

田沢の言葉には真実味がある。うまくいかない患者に限って、しばしば不運が重なるものなのだ。

「執刀は、あの腕のいい砂山《すなやま》先生だ。信じて待つしかないだろう」

田沢がつぶやいたところで、ふいに手術室のドアが開いて、まさに話の渦中の外科医が飛び出してきた。色黒で大柄な砂山の、ただならぬ様子に、御子柴が弾《はじ》かれたように立ちあがる。

「どうしましたか、砂山先生」

「竹田さんのご家族はどこにいますか?」

「デイルームに」と応じた途端に、砂山の背後にいた若手が駆け出していく。

「何かあったのですか?」

御子柴の震える声に、砂山が応じる。

「卵巣腫瘍が見つかりました」

予想外の単語であった。

「卵巣?」

「大腸穿孔部の裏側で、子宮筋腫の陰に隠れるように、癌を疑う小さな卵巣腫瘍が見つかりました。術前のCTでも認識できていなかった病変です。この際ですから胆のう癌と、まとめて手術にいきます」

「つまりダブル・キャンサー（二重癌）？」

大きくうなずく砂山に、思わず知らず、御子柴と田沢は顔を見合わせる。

「こんな言い方が正しいかわかりませんが」

砂山が頭を掻《か》きながら、しぶく笑った。

「大腸穿孔のおかげです。胆のうだけ手術していれば気づかなかったのですから」

では、と一礼した砂山は、足早にデイルームの方へ歩き去った。たちまち静寂が戻ってくる中で、御子柴は、戸惑いを隠せぬまま上級医を振り返った。

「大腸穿孔のおかげだそうです」

「聞こえていたさ」

田沢が肩をすくめて答えた。

「どうやら幸運な患者だったらしい」

立ち尽くす二人の内科医をからかうように、天井の照明が小さく一度、瞬いた。

電話が逃げていく

乙一

おついち

一九七八年福岡県生まれ。九六年『夏と花火と私の死体』で第六回ジャンプ小説・ノンフィクション大賞を受賞し、十七歳でデビュー。二〇〇三年『GOTH リストカット事件』で第三回本格ミステリ大賞を受賞。『ZOO』『銃とチョコレート』『箱庭図書館』『小説 シライサン』など著書多数。別名義でも作家・映画監督として活躍中。

電話が滑るー！

生きてるみたいに手から逃げるー！

私の電話は、いわゆるスマホで、板状の外観をしている。そいつで電話をかけようとするのだが、何故《なぜ》だかつるりと滑って逃げてしまう。床に落下する前に、バレーでレシーブをするみたいに手ではじく。さっきからずっとそのくり返しだ。結果として、お手玉をする人みたいになっている。

画面を指で触れて、ロックを解除し、電話番号を入力したかった。すべての操作をするためには、しっかりとスマホを握りしめて固定しなくてはならない。しかし、力をこめてつかもうとすると、摩擦係数が0にでもなったみたいに、するりと逃げていく。スマホの洗練されたデザインのせいだろうか。余計なでっぱりがないため、指に引っかかる部分がないのだ。

今朝までは普通に操作ができていた。気がついたらこんな状態になっていたのだ。

電話が滑るー！

どうしたらいいのー⁉

しばらくお手玉状態でがんばっていたが、ついに私のスマホは床に落ちてしまう。衝撃で壊れてやしないだろうか。故障していたら、修理費用のことで義理父から嫌味を言われるに違いない。夫の父親は口が悪いことで有名だ。平気で人を傷つけるようなことを言う。結婚十年目なのにまだ子どもができないことは私だって気にしているのに。どうしてあんな人から、夫のようなやさしい性格の人間ができたのだろう。ちなみに夫の母親はすでに亡くなっている。将来、義理父を介護するのは私なのだろうか。今から気が重い。

私は床に四つん這《ば》いになり、画面を上にして落ちたスマホを、おそるおそる指先でつついてみた。ロック解除画面が表示される。良かった。故障はしていないようだ。このままスマホを操作しよう。指先を画面に触れさせて、ロック解除をするための暗証番号を入力しようとする。

しかし、私の指先は画面上をつるりと滑って、あらぬ方向へと行ってしまう。皮膚と画面が触れるか触れないかという距離だったので、タッチセンサーが反応し、他の数字を入力する。スケートリンクを暴走するアイススケーターのように私の指は画面上を滑走し、さらなる誤入力を引き起こす。

止まれー!

私の指ー！

左手でがっちりと右手首をつかみ、人差し指の暴走を止めた。しかしすでに遅かった。スマホには、暗証番号を何回も間違うと、しばらくの間、使用できなくなる機能が備わっている。私のスマホは、ロック解除ができない状態に陥っていた。早く電話をかけなくてはいけないのに。どうしてこうなった。玄関先で私は頭を抱え込む。その時、チャイムが鳴り響いた。

ピンポーン。

玄関は磨《す》りガラスのはまった引き戸だったので、外に立つ人影が確認できる。私は咄嗟《とっさ》に息を潜め、物音を立てないように気をつけた。磨りガラス越しに見える輪郭と色味から、郵便局員らしいとわかる。印鑑が必要な配送物でもあったのだろうか。何度かチャイムが押される。私が居留守を使っていると、玄関の引き戸に不在票らしき紙片が差しこまれた。磨りガラス越しに見えていた人影が遠ざかり、居なくなる。私は心から安堵《あんど》した。

玄関を開けて応対するわけにはいかなかった。もしもそんなことをしたら、郵便局員の視界にこの光景が入ってしまう。郵便局員は奇異な目を私に向けることだろう。どうして四つん這いになって床に落ちたスマホと対峙《たいじ》しているのかと。そして、玄関の内側に倒れて横になっているこの男性はどうしたのかと。もしも顔見知りの郵便局員だったら、倒れている男性が義理父であることも察するだろう。身体《からだ》を揺すって、まだすこし息があることを確認するかもしれない。そうなると都合が悪いのだ。中途半端な状態で助かってしまうと後遺症が残って大変だから。

先ほど、脳梗塞らしき症状で、玄関で義理父が倒れた。意識は失っていたが、胸は上下しており、呼吸は続いていた。命を助けるために、一刻も早く救急車を呼ばなくてはいけない。それはわかっているのに、私の手から電話が滑り落ちてしまうという謎の現象のせいで緊急通報ができないでいたのだ。本当に、どうしてそんな現象が発生したのかわからない。

ひとまず心を落ち着けるために私は麦茶を飲むことにした。それから玄関のところに戻ると、義理父は息をしなくなっていた。

家の中は静まりかえり、外の道を横切る自転車の音や、ランドセルを背負った小学生の通りすぎる音が、かすかに聞こえてくる。

私は義理父に向かって手を合わせると、スマホを拾って夫に電話をかけた。

消費の対象
としての尊王

門井慶喜

かどい・よしのぶ

一九七一年群馬県生まれ。二〇〇三年「キッドナッパーズ」で第四十二回オール讀物推理小説新人賞を受賞。一六年『マジカル・ヒストリー・ツアー　ミステリと美術で読む近代』で第六十九日本推理作家協会賞（評論その他の部門）、同年、咲くやこの花賞（文芸その他部門）、一八年『銀河鉄道の父』で第百五十八回直木三十五賞を受賞。著書に『東京帝大叡古教授』『家康、江戸を建てる』など。

元治元年（一八六四）五月中旬というから、京洛《けいらく》中を震撼させた池田屋《いけだや》事件の一か月ほど前のこと。

松山幾之介《まつやまいくのすけ》という新選組隊士が岡山に潜入した。岡山は三十二万石の大藩であるが、おもてむきは新選組に、ということは徳川《とくがわ》幕府に、猜疑《さいぎ》されるところはない。

何しろ藩主・池田茂政《もちまさ》その人からして、実家が水戸なのである。水戸徳川家はいうまでもなく将軍家を相続できる御三家のひとつなので、その血の濃さからしても、

――幕府に刃向かうなど、あり得ませぬ。

藩主のこの公式的な態度は、しかし幕末風雲期のご多分にもれず、かならずしも内実をともなうものではなかった。藩士のあいだでは尊王風《かぜ》が吹き荒れていて、一部の者は「勤王党」なる徒党まで組んで過激の論を鳴らしている。うっかりすると藩論そのものが反幕倒幕へと向きかねない。

だから、

――内情を、さぐれ。

松山幾之介は、そう命じられたわけだった。

松山は、潜入に成功した。さっそく井上《いのうえ》太宰府《だざいふ》天満宮への奉幣使《ほうへいし》（朝廷の使者）一行にまぎれこんだのだ。

久馬介《ひさまのすけ》という旧知の藩士に接触して、

「このごろ貴藩には、過激の論をなす者があるやに聞く。そこで気がかりがある。貴藩は瀬戸内海に面していて、お台場《だいば》(海上砲台)も設置しておられるが、これは本来、外国船の侵入をふせぐもの。幕府軍艦がそこを通過するさいには……」

「わかり申した。けっして発砲させませぬ」

「逆じゃ」

「は?」

「激徒をあおって発砲させてくれ。岡山征伐のいい口実ができる。貴殿には会津侯より恩賞の沙汰があるであろう」

会津侯とは会津藩主・松平容保《まつだいらかたもり》のことで、新選組の直属の上司にあたる。京都守護職という激徒対策の総責任者でもあるからして、これは要するに幕府からの恩賞というに等しい。

井上久馬介はしきりとうなずいて、

「恩賞か」

「いかにも」

「承知した」

しかしこの井上が、すでにして勤王党の一員だったのである。だいぶん以前に、京の同志・宮部鼎蔵《みやべていぞう》(肥後出身)より、

――新選組が、そっちへ行くぞ。

と警告を受けていた。松山はそのことをまったく知らず、その後もせっせと間者《かんじゃ》顔《がお》して城下のあちこちを検察するのだった。

二か月後、七月六日夜。

松山は井上に、

「飲みに行こう」

と誘われた。城下を東へはずれ、

――円山《まるやま》。

と呼ばれる丘陵の南端あたりまでわざわざ出かけて茶屋へ入り、したたか飲んだ。茶屋を出て、帰るためには西へ向かう。ところが井上が、

「いい晩だ。山歩きと行こう」

北向きの小道《こみち》をのぼりだした。松山はしたがった。丘陵ふかくへ入りこみ、道がのぼりきり、下《くだ》りきったところで、

「待て」

木々のあいだから、七つの影があらわれた。

小原澄太郎、岡元太郎、櫻井正介、武田猪久太、有森霍太郎《かくたろう》、海間十郎《かいまじゅうろう》、伊東相《すぎ》とこんにち名がのこる。みな勤王党の一味である。

空には、半月。

道はそこだけ広々としている。全員で、松山をとりかこんだ。正面に来た岡元太郎が一歩ふみだして、

「先月、京で」

罪状を述べはじめた。

「先月、京で、池田屋事件が勃発した。おのれら新選組により多数の同志が斬殺または捕縛されたその無念、この岡山にて晴らしてくれる」

というような、型どおりの内容だった。松山はあわてて、

「いや、わしはそんな」

「むだだ。おのれが新選組組中《くみじゅう》であることは、宮部鼎蔵君より決死の情報《しらせ》を受けている。宮部君もまた池田屋で討ち死にを……」

「そうか」

松山は、刀を抜いた。

身をひねり、井上へいきなり斬りつけた。やはり新選組に入るくらいだから、このあたり度胸がちがう。井上は跳びしさったが、胸に傷を負い、

「わあっ」

絶叫した。傷は浅いはずだった。

松山の攻めは、それだけだった。七対一ではどうにもならぬ。松山の体はところかまわず切り刻まれ、大刀小刀を突き刺されて針山のようになり、うずくまって動かなくなった。胴はそのまま放置されたが、首だけは暗殺者たちの手により、城下東郊、御成橋《おなりばし》のたもとに晒《さら》された。

翌朝から、城下は大さわぎになった。

首には見物の町人がおしかけた。ばかりか山のなかの惨殺現場までが観光地化し、例の茶屋も繁盛した。

一種の聖地巡礼でもあろうか。尊王というのは侍たちにはときに命がけの思想だったが、大衆には、消費の対象にすぎなかった。

尋 問

曽根圭介

そね・けいすけ

一九六七年静岡県生まれ。二〇〇七年「鼻」で第十四回日本ホラー小説大賞短編賞、『沈底魚』で第五十三回江戸川乱歩賞を受賞。〇九年「熱帯夜」で第六十二回日本推理作家協会賞（短編部門）を受賞。著書に『鼻』『熱帯魚』『本ボシ』『藁にもすがる獣たち』『暗殺競売』『工作名カサンドラ』『黒い波紋』『腸詰小僧』などがある。

市内在住の落合美由紀《おちあいみゆき》さん（23）が行方不明になっている事件で、落合さんの婚約者とも連絡が取れなくなっていることがわかった。警察は何らかの事情を知っているとみて、三十代男性から話を聞いている。男性は過去に二度、落合さんに対するストーカー行為で警察から警告を受けていた。捜査関係者によると、男性は関与を否定しているという。

もはや彼は、私がどんな質問を投げかけても、親の仇《かたき》を見るような目で睨《にら》み返してくるだけだった。意地でも答えるものかとばかりに、奥歯を食いしばり口を真一文字に引き結んでいる。

「そんな目で見ないでくれよ」私は努めて穏やかに言った。「しつこいと思ってるんだろうけど、それは私も同じだ。でも君が答えてくれるまで、何度でも同じことを尋ねるしかないんだよ」

彼は、不貞腐《ふてくさ》れたようにそっぽを向いた。まるで駄々《だだ》っ子だ。

「黙っていたら、いつまで経《た》っても終わらないよ。君、知ってるんだろ。彼女がどこにいるか」

無言。かれこれ三十分、彼は一声も発していなかった。ただ額には脂汗が浮き、唇はからからに乾いている。精神的に追い詰められていることは間違いない。

「言っちゃいなよ。そうすれば楽になるから」

彼はまぶたを閉じた。そして自己暗示でもかけるかのように、口の中で何やらブツブツとつぶやき始めた。まだ降参するつもりはないらしい。

正直、ここまで抵抗するとは私にも想定外だった。彼のようなプライドが高いエリートは、高圧的に責めれば反発してかたくなになる。そう考えてソフトに接してきたのだが、作戦ミスだったかもしれない。

彼の職業は経営コンサルタントだった。三十歳にして自分の名を冠した事務所を構え、大学で教鞭《きょうべん》もとっている。経歴も申し分なく、東京大学を卒業後、アメリカの大学でMBAを取得、その後、外資系の金融や投資会社で腕を磨いて二年前に独立した。身長一七八センチ、すらりとした体形で、顔立ちもまあイケメンの範疇《はんちゅう》に入るだろう。愛車はフェラーリ、自宅はタワーマンション。地位、金、ルックス、三拍子そろった彼なら女なんかより取り見取りだろうに、どうして彼女にそこまでこだわる？

腕時計に目をやると、午後十時を回っていた。彼は相変わらず目を閉じてマントラを唱えている。持久戦に持ち込めば、私があきらめるとでも思っているのだろうか。だとしたら、私に対する認識を改める必要がある。

彼のズボンの尻ポケットから、スマートフォンがわずかに頭を出していた。素早くそれを抜き取り、彼の左の親指をあててロックを解除する。目を開けた彼が投げてくる抗議の視線を感じながら、私はスマホの画面に親指を滑らせた。画像フォルダーには、彼女の写真が大量に保存されている。連絡先にも〝落合美由紀〟の名前があった。彼女はつい先日、長年住み慣れたアパートを引き払い、携帯会社も変えていた。新しい携帯番号や転居先は、ごく近しい人間にも伝えていない。警察にそうするよう助言されたからだ。彼のスマホに登録されていたのは、古い携帯番号と住所だった。しかし彼のことだから、ぜったいに知っているはずだ。

「いい写真だね。いつ撮ったの？」

「………」

「じゃあせめて、これだけでも教えてくれないか。彼女は、元気だよね」

答えなし。

あくまでも白を切るつもりらしい。その男気は買うが、私の我慢にも限界がある。私は、自宅から持参した金属バットをつかんだ。すると彼は恐怖に顔をゆがませ、口を開いた。

「やめろっ！」

「何だ。ちゃんと声が出せるじゃないか」

私がバットを構えると、彼は必死に逃げようとした。だが体を椅子に縛り付けられているので身動きは取れない。私はバットで彼のむこうずねを打った。悲鳴。さらにもう一発お見舞いすると、彼はようやく協力的になり、彼女の居所を白状した。われわれが今いるのは彼の自宅マンションで、彼女は、ここから歩いて数分のところにあるアパートで暮らしているという。

私は、彼女を呼び出すよう命じ、彼は素直に従った。

「話したいことがあるんだけど、今から来られる?」

「ええ。すぐに行くわ」

電話を切ると、急に改悛《かいしゅん》の情が湧き起こったらしく、彼は「美由紀ごめんっ」と絶叫して泣きじゃくった。いつまで経っても泣きやまないので、私は彼の脳天にバットを振り下ろし、おとなしくさせた。

さあ、あとは彼女を待つばかりだ。

最後の指導

『教場0　刑事指導官・風間公親』外伝

長岡弘樹

ながおか・ひろき

一九六九年山形県生まれ。筑波大学卒業。二〇〇三年「真夏の車輪」で第二十五回小説推理新人賞を受賞し、デビュー。〇八年「傍聞き」で第六十一回日本推理作家協会賞（短編部門）受賞。一三年『教場』で週刊文春ミステリーベスト10国内部門第一位を獲得しシリーズ化。後にテレビドラマ化される。著書に『教場0　刑事指導官・風間公親』『つながりません　スクリプター事件File』など。

風間公親《かざまきみちか》は、同じ県警捜査一課の織部匡章《おりべただあき》とともに、その死体の前へと歩み寄った。

「わたしがきみに刑事としての指導をするのも、これが最後になる。そこで、もう一度だけ変死体を調べるときの基本を、簡単におさらいしておこうと思う」

「お願いします」

先日、風間の所属する県警において、ある職員が業務上横領の容疑で捕まった。取り調べ中に、その職員が「口封じのために一人殺した」と自供した。死体を遺棄した場所も吐いたため、風間たちはこうして現場を訪れたところだった。

「変なことを訊《き》くようだが、きみは、目の前にあるこの人間の体が、本当に死んでいると思うか」

風間は被害者の体に顔を近づけた。織部もそれに従うようにして腰をかがめる。

いま二人がいる場所は山の中で、被害者が横たわっているのは、高い崖の縁《ふち》にあたる場所だった。

「ええ。そのように見えますが」

「わたしが言いたいのは、一見死体のようでもまだ生きている場合がある、ということだ。まずは、そこから疑ってかからなければならない。この点については、昔の医師が考え出した、ごく簡便な生死の判別法がある。それを教えておこう」

「お願いします」

「きみはいま、腰縄を持っているな」

「はい」

「そうした紐《ひも》状のもので、相手の指を強く縛ってみるといい。もしも血液がまだ循環していれば、指の先端が青黒く腫れあがる。指が白いままであれば、ほぼ死んでいると判断できる。――やってみろ」

新米刑事は、被疑者を捕縛しておくための腰縄を使い、言われたとおりにした。

被害者の指は白いままで、青黒く腫れあがることはなかった。

「いいだろう。――次の注意点は顔だ。被害者が生前、どんな相貌だったのかを写真でしっかり把握しておくことが大事だ。死体というものは、生きていたときの面影と似ても似つかぬ表情をしている場合が多いからな」

「心得ておきます」

「それから目をよく見ることだ。死体の中には、目蓋《まぶた》を開いているものがある」

二人の目の前にある死体は、目を閉じていた。

「実は、この所見だけで死後どれぐらい時間が経《た》っているか、大雑把に推定できる。わたしの経験では、変死体のうち、死後六時間以上十二時間以内の約三割は目を開いている。その後、時間が経つにつれて目を閉じている割合が増えていく。――これはなぜだと思う？」

「目蓋の筋肉が死後硬直を起こしたり、眼球周囲の組織が腐敗することが原因ではないでしょうか」

「さすがにきみは優秀だな。これでもう教えることはなさそうだが、何か疑問に思ったことはないか」

「あります」

「ほう。言ってみろ」

「この死体が横たわっている場所です」

「というと？」

「犯人は、どうしてここから下に落とさなかったんでしょうか」

風間と織部は同時に、高い崖からはるか下方を覗《のぞ》き込んだ。

「この地形ですと、落とせば発見がかなり遅れます。死体に残された犯人を示す痕跡もいろいろ失われるでしょう。つまり、こうして崖の縁に残しておくのは、犯人にしてみれば、みすみす自分を不利にしていることになります」

「そうだな」

「犯人にとっての不利は、刑事にとっての有利ということです」

「つまり、きみは何が言いたい？」

「犯行直後の土壇場で、犯人の脳裏をよぎったものがあったのではないでしょうか」

「それは何だ」

「我々刑事の苦労です。犯人は、捜査する側の苦労を思いやったがために、この死体を落とさなかった。いや、落とせなかった」

「……」

「つまり、この死体の置かれた場所から『犯人は我々と同じ刑事である』と推理できるのではないでしょうか」

「なかなか見事だ。そのとおりだよ。どうやらもう本当に、きみに教えることは何一つなさそうだ」

風間と織部は同時に死体の前から離れ、乗ってきた捜査車両の方へ戻った。

後部座席に乗り込みながら、織部が言った。

「じゃあ元気でな。——風間くん」

優秀な刑事でありながら、横領のすえに殺人にまで手を染めてしまった先輩、織部の腰縄を心の中で手放し、新米刑事の風間は、これも胸の裡《うち》だけで敬礼を返した。

※本作品はフィクションであり、登場する人物・団体・事件等はすべて架空のものです。

本書のプロフィール

本書は、「STORY BOX」2018年3月号から2020年6月号に掲載された同名シリーズの作品をまとめ、文庫オリジナルで刊行したものです。

小学館文庫

超《ちょう》短《たん》編《ぺん》！　大《だい》どんでん返《がえ》し

編者　小学館文《しょうがくかんぶん》庫《こ》編集《へんしゅう》部《ぶ》

二〇二一年二月十日　初版第一刷発行
二〇二三年八月六日　第十四刷発行

発行人　石川和男
発行所　株式会社　小学館
〒一〇一-八〇〇一
東京都千代田区一ツ橋二-三-一
電話　編集〇三-三二三〇-五九五九
販売〇三-五二八一-三五五五
印刷所――――大日本印刷株式会社

この文庫の詳しい内容はインターネットで24時間ご覧になれます。
小学館公式ホームページ　https://www.shogakukan.co.jp

Printed in Japan
ISBN978-4-09-406883-2